フクロウ
カワウソのロッティ
クマのプー
クリストファー・ロビン
コブタ
ロバのイーオー

「プーさん」の物語のさし絵を描いたE.H.シェパード氏に、
心から謝意を表します。

「プーさん」の物語の知的所有権管理者のみなさま、
とくにマイケル・ブラウン、
ピーター・ジャンソン＝スミスの両氏に、
深く感謝いたします。
両氏は本書の出版に向けて力をつくしてくださったばかりでなく、
本書を作るあらゆる過程で、
はかりしれぬほど貴重な提案や助言をしてくださいました。
また、カーティス・ブラウン社の
ジャニス・スワンソン氏にもお礼を申し上げます。
氏の多くの助言と根気によって本書の出版は軌道にのり、
関係者一同は大いに助けられました。

RETURN TO THE HUNDRED ACRE WOOD

The Authorized Sequel to A A Milne's Original Winnie-the-Pooh Stories, by David Benedictus,
Illustrated by Mark Burgess in the style of the Original E H Shepard illustrations

A.A.ミルンさま

あなたは、わたしたちにおくってくださいました
クリストファー・ロビンと　プーを
そして　木《こ》もれ日《び》がおち　小川が流れる森を
あなたが　わたしたちに　夢《ゆめ》の世界をくださったとき
世界じゅうが　あなたとともに　ほほえみました
わたしは　あなたのおくりものを
1ページまた1ページと
すばらしい文章の1行また1行と　うけつぎ
時代はかわっても
あなたの夢《ゆめ》は　また　わたしたちの夢《ゆめ》であることを
しめそうと　つとめました

デイヴィッド・ベネディクタス

プーさんの森にかえる

もくじ

はじめに

プーとコブタ、それにクリストファー・ロビンとイーオーを最後《さいご》に森で見かけてから……ああ、あれからもう、本当に八十年たったのでしょうか？

けれども、夢《ゆめ》の世界には、ここにある世界とはちがうやくそくごとがあるもの。八十年も、たった一日のうちにすぎさってしまったような。

わたしのかたごしに、プーがのぞきこんで、こういっています。

「八十っていうのは、ほんとにいい数字だけど、八十週とか八十日とか八十分もいいかもしれないね」

「じゃ、八十秒《びょう》ってことにしないか。そしたら、ぜんぜん時間がたってないみたいになるからね」

わたしがそういうと、コブタが横からいいます。

「ぼく、前に八十まで数えたことがあるよ。けど、三十七まで数えたら、数字がぴょんぴょんはねだして、くるくるまわりだしちゃって。とくに、6とか9とかがね」

「うっかりしていると、すぐそうなるんだよね」と、プーもうなずきます。

「けど、ほんとにぼくたちの新しい冒険《ぼうけん》のことをかくつもり？」クリストファー・ロビンがききます。

「だって、ぼくたち、むかしの冒険《ぼうけん》のほうがすきだったもん」

「けど、ウゾーが出てくるのは、きらいだったよ！」

コブタが、ぶるっとふるえました。

「それから、ちょっぴりなにかをつまみましたってところで、終わってくれないかな？」

八十年のうちに、ちょっぴり体重《たいじゅう》がふえたらしいプーがいいます。

「うまくいくはずはないのう」と、これはイーオー。

「いまに見ててごらん。だいたい、ロバのなにを知ってるというんじゃ」

もちろん、イーオーのいうとおりです。わたしは、なんにも知りません。ただ、そうじゃないかなって思ってみるだけです。でも、それもまた、楽しいものですよ。そして、たまたま思ったとおりだったときは、自分へのごほうびとして、チョコレートビスケットを一枚《まい》食べようと思います。かたほうにだけチョコレートがついているから、ゆびがべとべとしないで、紙にゆびのあともつかないやつです。そして、まちがっていたときは……チョコレートビスケットは、なし。

「ぼくたちには、わかるからね。ちゃんとかけるように、てつだってあげるよ。できたらね」

クリストファー・ロビンがそういうと、プーとコブタも、にっこりわらってうなずきます。でも、イーオーは、こういうのです。

「だからといって、ちゃんとかけることにはならんのう。そんなことは、だれにもできないんじゃ」

サンダース
こりも
ならす

1 クリストファー・ロビンがかえってきたこと

だれが最初《さいしょ》にいい出したのでしょう？　だれも、知りません。はじめは、いつものように森がさわいでいるだけでした。森というのは、プーさんの森、百エーカー森のことです。

そう、最初《さいしょ》は、木々《きぎ》をわたる風や、時をつげるオンドリや、にぎやかな小川のざわめきだけでした。すると、ふいにそのうわさがきこえてきたのです。

クリストファー・ロビンが、かえってきた！

フクロウはウサギからきいたといい、ウサギはコブタからきいたといい、コブタが、ぼくはただきいただけ、といいました。するとカンガルーのカンガが、こういったのです。

「プーにきいてみたらどう?」

それは、お日さまがかがやく、気持ちのいい朝にきくと、とりわけ「ポンとせなかをおしてくれるような、すばらしい考え」に思えました。

そこで、コブタは大いそぎでプーをさがしにいきました。プーは家で、心配そうに、ハチミツのつぼを数えているところでした。

「おかしくない?」

プーは、コブタにききました。

「おかしいって、なにが?」

コブタがききかえすと、プーは前あしで鼻《はな》をなでました。

「ハチミツのつぼが、じっとしていてくれればいいと思ってるんだけど。どうも、ぼくが見ていないときに、動きまわるみたいなんだ。いま、十一こあったのに、もう十こしかない。これって、ちょっぴりおかしくない?」

「ちょっきりおかしくない」

コブタは、答えました。

「十こだったら、ちょっきりだもん。そうじゃなかったら、そうじゃないけどね」

自分がそういっているのをききながら、コブタはなんだかへんだなと思いましたが、プーは、まだつぼを数えています。テーブルのこっちのすみから、あっちのすみへうつしたり、またもどしたり。

「やんなっちゃう。クリストファー・ロビンがいたら、教えてくれるのにな。数えるのがとくいだから。二回数えても、いつもおんなじ数になるんだ。数えるのがとくいだったら、そうなるんだよ」

「けど、プー……」

コブタは、いいかけました。どきどきしているので、鼻《はな》の先がピンク色になっています。

「それに、じっとしてないものは、数えるのがむずかしいんだ。雪とか、星とかも」

「けど、プー……」

もうコブタの鼻《はな》の先は、ピンクどころではなく、赤くなっていました。

「それでぼくは、歌をつくったんだよ。ききたいかい、コブタ？」

コブタは、歌はとてもいいものだと思うし、なかでもプーのつくった歌は最高《さいこう》だといおうとしましたが、なによりもまず、あのうわさをつたえなければなりません。そして、すばらしい知らせをきいて、これからそれをつたえるのって、なんてすてきなことだろうと思いました。でも、そのすぐあとで、プーがコブタにつくってくれた、あの歌のことを思い出しました。それは、なんと七番まであったのです。いまのいままで、あんなに何番もある歌はありません。そのうえ、どれもみんなコブタのことをうたっていたのです。だから、コブタはいいました。

「うん。おねがい、プー。きかせて」

プーは、とたんにうれしそうな顔になりました。なぜなら、歌はそれだけでもすてきですし、あの歌のように七番まであるとなるともっとすてきですが、だれかにうたってあげなければ、「ほんものの歌」にはならないのです。それに、ハチミツは、いつでもおいしいのですが、歌をうたったすぐあとになめると、とびきりすばらしい味《あじ》がするんですよ。

最初《さいしょ》はいつもと同じだったけれど、あとで本当にすばらしい一日になったその日、プーがコブタにきかせたのは、こんな歌でした。

ハチミツを　数えるなら
一列《れつ》に　ならべよう
晴れた日なら　お日さまの下に
雪の日なら　雪の上に

ハチミツを　数えたら
いくつあるか　すぐわかるよ
そう　ぜんぶで　いくつあるか
だから　ぜんぶで　いくつないか

「で、ぼくは十一こあると思うんだよ、コブタ。木曜日のハチミツにぴったりの数なんだ。十二こあったら、もっといいけどね」

「あのね、プー」

コブタは、いそいでいいました。もしかして、三番がはじまるといけないと思ったのです。三番は、とてもすてきかもしれませんが、時間がかかりすぎます。

「ぼくはね、『とっても大事なこと』をききたいんだけど」

「答えは『うん』だよ。そろそろ、ちょっぴりなにかをつまむ時間だからね」

「でも、プー」

コブタの鼻《はな》の先はもう、心配と、いらいらとで、まっ赤《か》でした。

「ぼくがききたいのは、『ちょっぴりなにか』のことじゃなくて、『大きななにか』のこと。クリストファー・ロビンのことだよ」

十こ目のハチミツのつぼに手を入れようとしていたプーは、まんいちのためにそこで手をとめて、コブタにききました。

「クリストファー・ロビンがどうしたって？」

「プー、あのうわさだよ。もう、クリストファー・ロビンは森にかえってきたと思う？」

　そのころ、灰色《はいいろ》ロバのイーオーは、同じ森のはしっこで、アザミのしげみをじっと見つめているところでした。「まさか」のときのために食べないでのこしておいたアザミです。でも、はたしてその「まさか」は、くるのでしょうか？　それに、もし「まさか」がきたとしても、そのときまだアザミはじゅうぶんにみずみずしいでしょうか？　そんなことを考えているところに、プーとコブタがやってきました。

「やあ、コブちゃん。やあ、プー。おまえたちは、ここでなにをしとるんじゃ？」

「ぼくたち、イーオーに会いにきたんだよ」

と、プーはいいました。

「しずかな日じゃないかね、プー？　もしーほかにーやることがーなんにもーなかったら……って日じゃないか？　そんな日に、わっしに会いにきてくれたとは、ご親切にどうも、どうも」

　イーオーと話すと、どうしていつも話がこんがらがっちゃうんだ

ろうと、コブタは思いました。

「コブちゃんも、やることがなくて、さぞかしたいくつだったんじゃろう？　それから、プー。そのアザミの上に立たんでくれるかの」

「どのアザミの上に、立ってもらいたいの？」

プーは、ききました。

「けどね、イーオー」

コブタが、横からキイキイ声でいいました。

「あのね、ク、ク、ク……」

「なにか、のみこんだのかね、コブちゃんや？　まさか、アザミじゃ？」

「クリストファー・ロビンのことだよ。森にかえってくるんだって」

プーがいいました。プーが話しているあいだ、イーオーはじっと動かないでいました。しっぽだけ

が動いて、うそっこのハエをおいはらっています。

「そうかね」

イーオーは、なんだかしゃがれ声でいって、しばらくだまっていました。

「そうかね、クリストファー・ロビンが……それは、つまり……、なんちゅうか、かんちゅうか……」

イーオーは、何回か目をぱちぱちさせました。

「クリストファー・ロビンがかえってくるのかね。そうかね」

とうとう、そのうわさは本当だということがわかりました。なぜわかったかというと、それはこういうわけなんです。

まず、フクロウがウサギのうちへとんでいき、ウサギが友だち親《しん》せき一同（野原に住むほかのウサ

ギ、リスやノネズミ、虫たちなど、それこそおおぜい）に話し、友だち親《しん》せき一同がイチバンチビに話しました。

イチバンチビは、そういえばクリストファー・ロビンを見かけたっけ、といいました。けれども、たしかにそうだったかどうか、自分でもよくわからないのです。なぜなら、イチバンチビは、まだおこってないことや、いちどもおこってないことや、ぜんぜんおこってないことをおぼえていることがよくあるからです。

それから、みんなはトラのティガーにどう思うかとききました。けれどもティガーは、カンガのじゅうたんの上をぴょんぴょんはねているだけで、ぜんぜんきいていませんでした。じゅうたんの黄色いもようがあぶないからよけているというのです。けれどもカンガは、ウサギに、そのうわさは本当だといいました。カンガが本当だということは、いつも本当です。ですから、プーとコブタが本当だと思い、フクロウが本当だとしんじ、カンガが本当だというなら、ほら、本当にきまっているでしょう？

こういうわけで、森の動物たちが集まって相談《そうだん》したけっか、こういう「ケチロン」になりました。クリストファー・ロビンの「おかえりなさいパーティー」をひらくと

いうのです。カンガの子どものルーは、うれしくて、あんまりはしゃいだので、小川におちてしまいました。一回はうっかりでしたが、あとの二回はわざとです。おしまいにカンガに、もういちどおちたら、パーティーに出ないで、うちにかえってベッドに入りなさいと、しかられました。

＊＊＊

それは、七月のことでした。「おかえりなさいパーティー」の日の夜明けは、からりと晴れて、あたたかく、森の木々《きぎ》は、いつもにましてかがやいていました。お日さまの光が枝《えだ》のあいだのとおり道を見つけたところから、木《こ》もれ日《び》がちらちらと地面におち、木の枝《えだ》が「とおっちゃだめ！」といった場所の下は、かげになっていました。

カンガは、いちめんにコケのじゅうたんがしいてある場所を見つけてテーブルをおくと、いちばん上等な、麻《あさ》のテーブルクロスをかけました。ふちにぐるりと、ブドウのししゅうがしてあるテーブルクロスです。ウサ

ギも、いちばん上等な紅茶《こうちゃ》のカップを持ってきました。ヤナギのもようのあるカップで、ウサギの家につたわる家宝《かほう》だそうです。プーがフクロウに、「カホウってなあに？」と、こっそりきくと、フクロウは「カフンの一種《いっしゅ》だな」と答えました。それから、カンガがカップをひとつ動かして、ティガーがつけたしみをかくしました。ルーの「じょうぶになるくすり」をこぼしたあとです。

　動物たちはみんな、パーティーのごちそうを持ってやってきました。ウサギたちはヘーゼルナッツを、プーはハチミツのつぼ（ほとんど、ふちまで入っている）を、コブタはセロハンでくるんだレモンキャンディーをひとつ。手のひらにおいてなめているうちに、手のひらがきれ

いな黄色にそまるやつです。ルーとティガーは、ふたりでこしらえた、いろんな色のゼリー。手づくりのレモネードと色とりどりのストローを入れたコップや、それぞれの名前をかいた、きれいなもようのある紙もならべました。それから、ふうっとふくと、ヒュウッとなるものや、なげてあそぶものや、風船の長いのやまるいの。それに、すてきな音が出る、クラッカーもあります。

けれども、なによりすばらしいのは、テーブルのまんなかにある、見たこともないくらい、りっぱなケーキでした。カンガがやいて、ルーとティガーが白いアイシングをぬったものです。ケーキの上には、だれにも読めない字がくねくねとかいてありました。フクロウにも読めません。プーが、なんてかいてあるのときくと、ルーとティガーはクスクスわらって、シダのしげみのなかにあそびにいってしまいました。

森の動物たちはみんな、ロバのイーオーまで、パーティーにしょうたいされていました。プーは、クリストファー・ロビンのうちのドアに、とくべつのしょうたいじょうをさしこんでおきました。しょうたいじょうをかいたのは、フクロウです。

とくべちの　しょたいじょお
おかえるなさい、クリストハ・ロビン
おかえるなさいお　ゆうための
おかえるなさいパーチーに　ごしょうたします。

日にち・きょう

「ほら、『おかえるなさい』と、三度《ど》もいっとるだろ」

フクロウは、みんなに説明《せつめい》しました。

「これはつまり、わたしらがクリストファー・ロビンにまた会えて、本当にうれしいといっとるんだぞ」

さて、動物たちはみんな、地面にすわってまつことにしました。木の切りかぶがひとつだけありますが、これはクリストファー・ロビンのためのとくべつ席《せき》です。

そのうちに、ゼリーがお日さまにてらされて、なんだかゆるゆるしてきました。ルーは、さっきからずっと、みどり色のゼリーから目をはなしませんでした。これは、みどりのブドウと、みどりのプラムをつかって、ルーが自分でこしらえたもので、お城《しろ》のような形をしています――すくなくとも、お日さまにてらされる前は、たしかにお城《しろ》でした。みどり色のゼリーは、テーブルの、ルーからちょっとはなれたところにおいてありましたから、ルーはゼリーのそばに近づこうとそわそわしていました。もしかして、みんなはみどり色のがすきかもしれないけど、ぼくだってすきだもんね、と思っていたからです。

ルーは、きいてくれるあいてを見つけると、こうくりかえしていました。

「赤いゼリーがいちばんおいしいよ。イチゴが入ってるからね。黄色いのも、もっとおいしいかも。すっごくレモンっぽいからね」

けれども、みどり色のゼリーについては、ひとこともいいませんでした。

動物たちのなかで、最後《さいご》にやってきたのは、イーオーでした。

イーオーは、しばらくぐるぐるまわったあげく、切りかぶにすわりました。

「めでたい、めでたい大さわぎじゃのう。ご親切に、わっしをまっててくれたとは、ありがとうよ」

「けど、イーオー……」

コブタがいいかけました。カンガが顔をしかめて、首をふらなければ、もっと先までいったことでしょう。

「きっと、すばらしいパーティーになりますわね」

カンガは、イーオーにいいました。

「でもね、イーオーさん。あなた、クリストファー・ロビンの席《せき》にすわってますよ」

イーオーは、あしをのばして、ゆっくりと立ちあがりました。

「いかにも切りかぶらしい、なかなかいいすわりごこちじゃや。こうしてあたためといてあげたから、クリストファー・ロビンもさぞかしよろこぶじゃろ」

けれども、クリストファー・ロビンは、まだきません。

コブタは、クラッカーを日にかざして、ガラガラなるかどうかふってみました。それから、ちょっと悲しそうな顔で、クラッカーをおろしました。

「いつ、はじめるの？　ねえ、いつ、はじめるの？」

ルーぼうやが、大きな声でいいます。

「みんな、赤いゼリーが、いちばんおいしいんだよ。でなきゃ、その黄色いの。ねえねえ、いつ、パーティーをはじめるの？」

　すると、カンガがいいました。

「もうすぐですよ、ぼうや。でも、そんなふうにゆびさすものじゃありません。おぎょうぎが悪いでしょ」

　プーは、じっとハチミツのつぼを見つめているうちに、とろんとねむくなってきて、これって、まだぼくのハチミツなんだろうかと、心配になりました。もしクリストファー・ロビンがこなかったら、ハチミツのつぼは、だれのものになるのでしょう。

　それから、ミツバチが、つぼのなかでハチミツをつくれるように教えてやれないものかと考えました。そうしたら、ハチのすでつくるより、ハチミツがすっぱくならなくてもすみます。それに、わざわざハチミツをとりにいかなくても、つぼを外に出しておくだけでよくなるじゃありませんか。

　けど、もし外においたつぼが日にあたって熱《あつ》くなったら、そしたらいったいどうなることか……と、あれこれ考えているうちに、プーは頭をたれて、そっと「ブイグウいびき」をかきはじめました。ブイブイとグウグウのまんなかへんの音です。

それからみんなでおしゃべりしていると、フクロウがいい出しました。

「ところで、わたしのロバートおじさんの話をしたかな？」

そして、いままでにいちどならず、いえいえ、二、三度《ど》よりもっとなんども話してたのに、またまたはじめようとしたので、カンガがあわててとめました。

「みんなを、あんまりたいくつさせないほうがいいわ。クリストファー・ロビンが、すぐにくるんですから」

すると、コブタがいいました。

「きっと、ずっと遠くからこなきゃいけないからね」

「どうして知ってるんだい？」ウサギがききます。

「どれくらい遠くだい？」

「たぶん、ハリエニシダのやぶのせいで、おくれているんだよ」

と、プーがいいました。

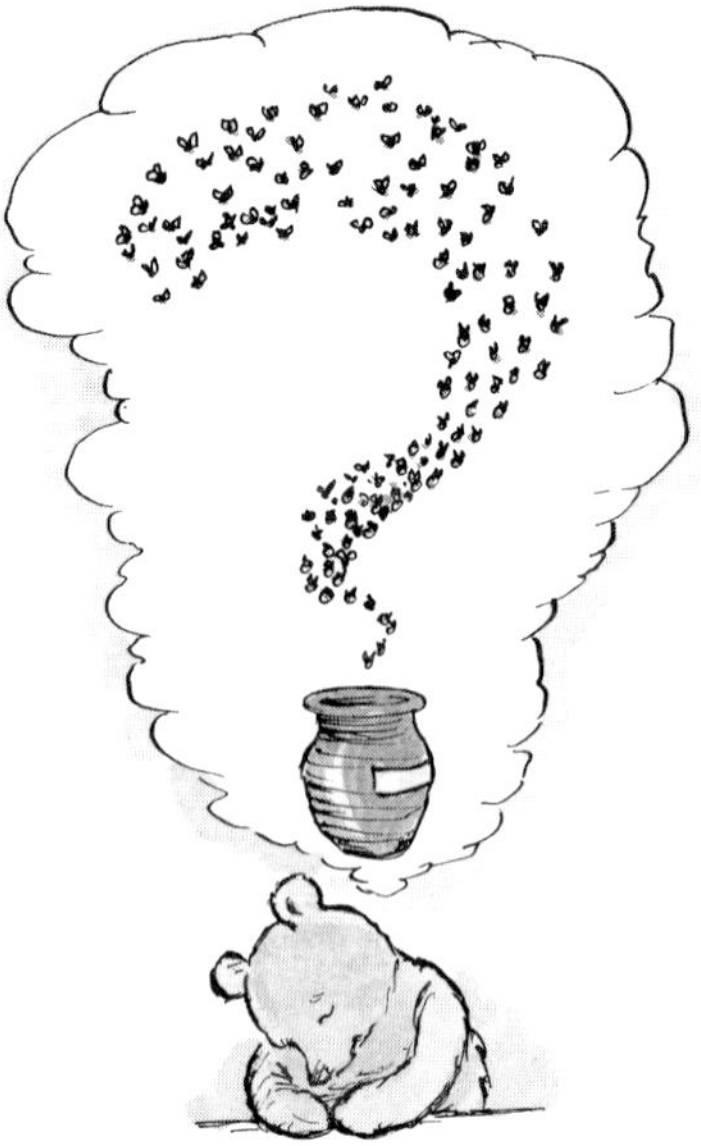

「ハリエニシダって、ちくちくしてるからね」

「もしかして、ウゾーのせいかも」

そう思っただけで、コブタはぶるぶるっとふるえました。

とたんに、お日さまが空にたったひとつういていた雲のかげにかくれ、地面にちらちらとおちていた木《こ》もれ日《び》がきえました。それから、またお日さまが顔を出しました。もし、森のなかのうわさをあなたがしんじているなら、これもクリストファー・ロビンがやったことなんですよ。

すると、ちょっといらいらして、ちょっとおなかがぺこぺこになったコブタが、ウサギに説明《せつめい》しはじめました。

「クリストファー・ロビンは、さっきいたところから、やってこなきゃいけないんだ。それがどこか、わかんないけど。きっと、遠いところだよ。でなきゃ、もうついてるはずだもん」

そのときです。ブーンという音、カタカタ、チリンチリンという音が近づいてきました。そして、クリストファー・ロビンがやってきたではありませんか。前とちっともかわらないクリストファー・ロビンでしたが、なんと自転車《じてんしゃ》にのっています。ぴかぴかの、空色の自転車《じてんしゃ》です。

動物たちはみんな息《いき》をのんでから、いっせいにしゃべりはじめました。いつもだったら、だれかが話しているときにおしゃべりするのは、おぎょうぎの悪いことですが、こんなときはちがいます。クリストファー・ロビンは、木に自転車《じてんしゃ》をよりかからせてから、みんなの顔をぐるりと見ていいました。

「こんちは、みんな。ぼく、かえってきたよ」

「こんちは」

と、プーがいうと、クリストファー・ロビンは、プーににっこりわらいかけました。

フクロウが、いいました。

「速歩機《そくほき》だな。つまり地面をけってすすむ二輪車《にりんしゃ》で、その理論《りろん》を説明《せつめい》するとだな……」

イーオーが、クリストファー・ロビンに声をかけました。

「また、お目にかかれて、光栄《こうえい》じゃのう、クリストファー・ロビン。切りかぶがお気にめすといいが。わっしが、あたためときましたからな」

コブタは、「わあい！」といっただけでした。もっといいたいことがどっさりあったのですが、思うようにはことばにならず、やっとことばになったときには、もうおそかったのです。

ルーは、こういいました。

「ゼリーがたくさんあるよ、クリストファー・ロビン。ぼくとティガーがつくったんだ。赤いのには、ほんもののイチゴが入ってるけど、もしみどりのがよかったら……」

「どれもみんな、食べてみるよ」

クリストファー・ロビンは、元気よくいいました。

「けど、赤いのを最初《さいしょ》に食べようかな」

ウサギの友だち親《しん》せき一同の小さななかま、ノネズミのセッカチとノンビリが、ふたりでひとつのクラッカーをならそうとして、ひもを引っぱりました。というか、引っぱろうとしたのですが、セッカチがうっかり手をはなしてしまったので、クラッカーを持っていたノンビリが、あおむけにひっくりかえってしまいました。

いっぽう、クマのプーは、クリストファー・ロビンをしっかりとクマらしく前あしでだきしめていいました。

「おかえりなさい、クリストファー・ロビン」

すると、カンガがいいました。

「クリストファー・ロビン。ケーキを切ってくださいな」

「切りながら、おねがいをいうんだよ」

ティガーが、かたあしとびをしながらいいました。あしが四本あると、かたあしとびをするのは、けっこうむずかしいんですけどね。

クリストファー・ロビンがおねがいをつぶやくと、みんな「わあい！」といって、手をたたきました。

「おかえりなさあい、クリストファー・ロビン！」

でも、イーオーだけは、こういいました。

「なんども、こんなめでたい日をむかえられますようにな」

クリストファー・ロビンは、森にかえってきてよかったなとうれしくなったり、ぼくがいなくても、みんなこんなに元気にしてたんだと思って、ちょっとだけ悲しくなったりしました。

それから、みんなで紙のふえをヒュルヒュルふいたり、紙ふぶきをとばしたり、クラッカーをならしたりしました。イーオーは、前あしでひとつ、うしろあしでひとつ、クラッカーのひもを引きました。ひとつには、むかしからつたわる、教えのことばをかいた紙切れと、「サネット島マーゲイトみやげ」とかいてあるキー・リングと、紙のぼうしが入っていましたが、あとのひとつは、紙のぼうしだけでした。

そのうちに、クリストファー・ロビンが、プーにいいました。

「ゼリーをどっさりと、カンガのケーキをふた切れ食べたら、もうおなかにハチミツが入る場所がなくなっちゃった。ねえ、プー。悪いけど、ぼくのかわりにハチミツをなめてくれない？」

プーは、ちっとも悪いと思わなかったので、よろこんでかわりになめてあげました。

すると、イーオーがこういうのです。

「クリストファー・ロビンは、わっしがだれかおぼえてないと見えるのう。けど、そんなのたいしたことじゃない。だいたい、どうしておぼえていなきゃいけないんじゃ？」

＊＊＊

こうして、テーブルの上のごちそうが、すっかりかたづきました。ほとんどすっかりということですよ。ちゃんとしたお茶の会で

は、小鳥たちのために、すこしだけのこしておいてやらなければいけないことになっていますからね。

　そのあとで、クリストファー・ロビンがあいさつをしました。

「森の友だちのみなさん。ぼくの自転車《じてんしゃ》のかごのなかに、みんなにあげるプレゼントが入っています。だって、ぼく、みんなに会えなくて、すっごくさびしかったんだ。プレゼントは、クリスマス・プレゼントの紙でつつんであるけど、去年《きょねん》のこったのを、今年《ことし》のクリスマスにつかえると思って、とっといたんだよ」

　動物たちは、大よろこびでした。バターのおさらでねむっていたウサギの友だち親《しん》せき一同のイチバンチビまで、バターをふいてもらって、大はしゃぎしています。クリスマスがきたと思ったイチバンチビは、さっそくつつみ紙をひらいて、ツグミのものようのぴかぴかのコインをとり出すと、「みなさん、クリスマス、おめでとう!」といいました。それからまた、ねむってしまいました。なぜならもう、昼と夜のあいだのふしぎな時間がやってきていたんですよ。まだほんのり明るいのにお月さまがかがやいて、いったい昼と夜のどっちなのか、それはどうしてなのか、さっぱりわからない時間です。

そのほかに、クリストファー・ロビンが持ってきてくれたプレゼントは、こういうものでした。

セッカチとノンビリには、おさとうでできたネズミ。

フクロウには、めがねをなくしたときのためのめがね入れ。

コブタには、ピンクの耳あて。

ルーには、色をつけた砂《すな》を、
きれいなしまもようにつめてあるガラスびん。
ワイト島のおみやげ。

カンガには、ゆびぬき七このセット
（曜日ごとに、ひとつずつつかう）。

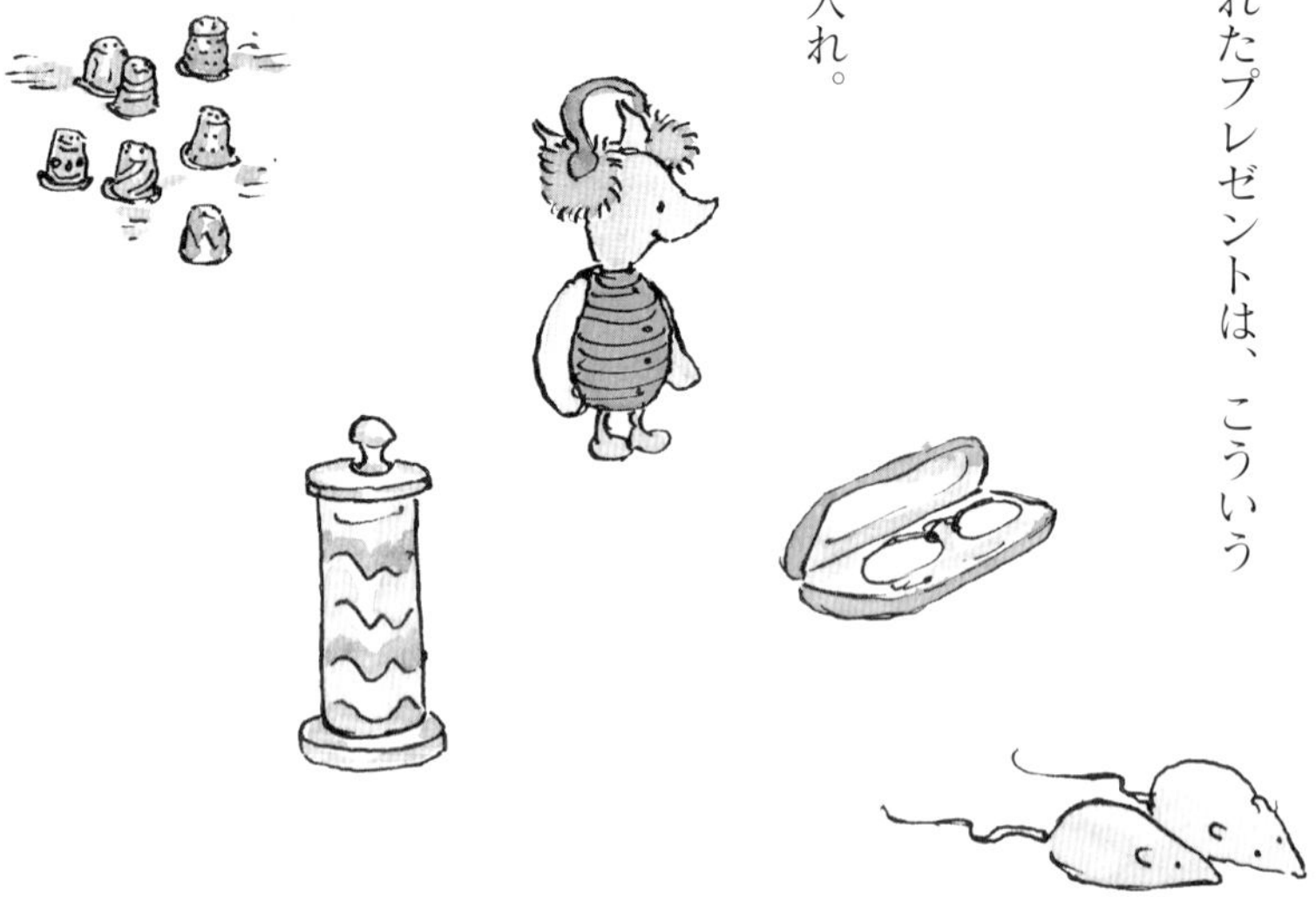

ティガーには、ホッピング。

ウサギには『役に立つ家事《かじ》の知恵《ちえ》、一〇〇一』という本。

イーオーには、かさ二本。

からだの前半分とうしろ半分のために。

プーには、ハチミツのつぼから

べとべとをすくう木のハチミツすくい。

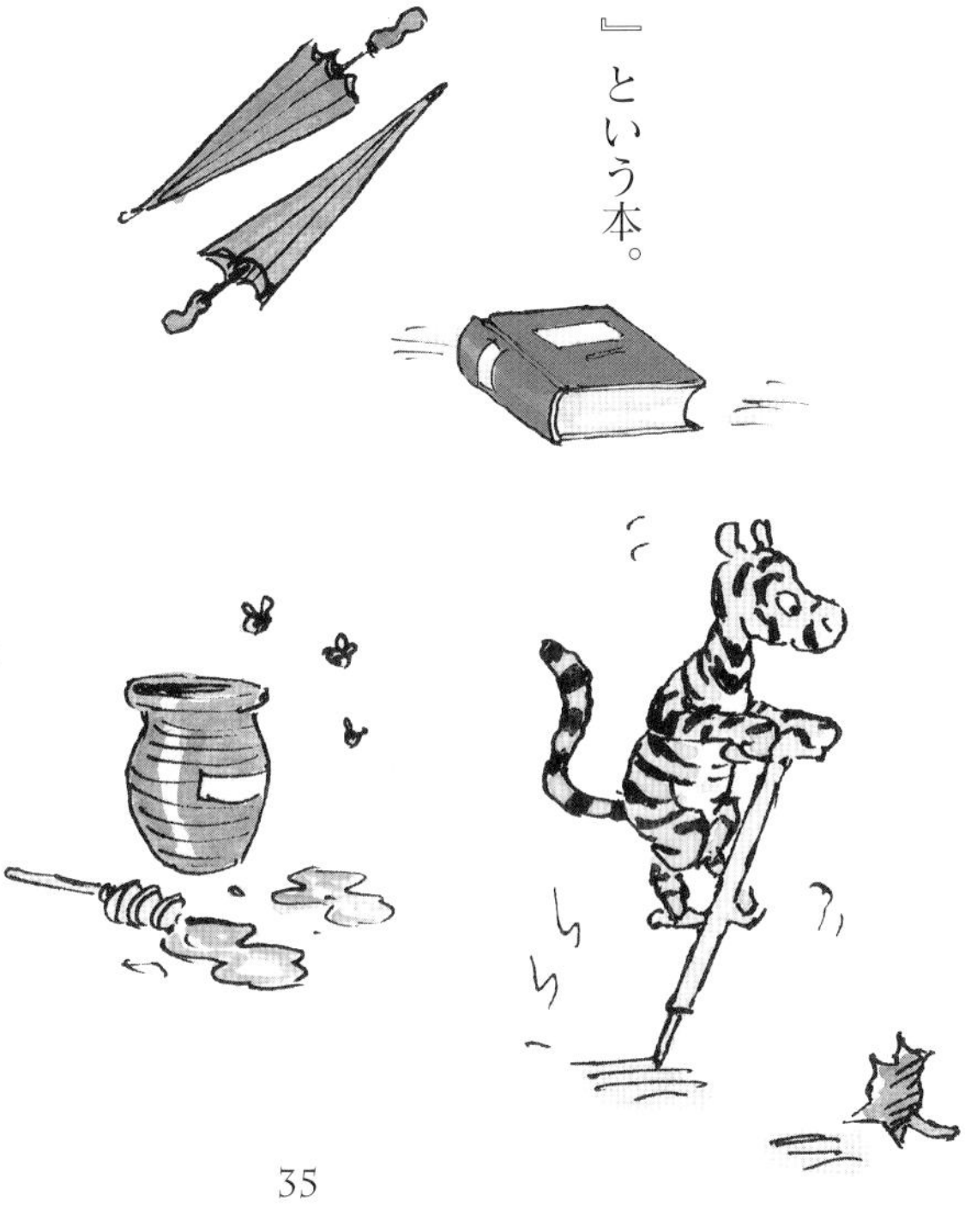

さて、ケーキにナイフを入れるとき、クリストファー・ロビンはなにをおねがいしたのでしょう。それは、ひみつです。わたしが話してしまうと、おねがいがかなわないませんからね。でも、そのおねがいのなかに、プーと、コブタと、お日さまが入っているのはたしかです。ですから、けっこう長いおねがいで、クリストファー・ロビンは

ずっと目をつぶっていましたが、くちびるをちょっぴり動かしていました。

もし、クリストファー・ロビンのおねがいが、プーさんの森でもっと冒険《ぼうけん》をしたいということでしたら、そのおねがいはかなったんですよ。ですから、わたしがこれから、コブタが英雄《えいゆう》になったときのことから、ティガーがアフリカの夢《ゆめ》を見たときのことまで、いろいろと話してさしあげましょう。

そうそう、どこかに、こわいウゾーや、ハチミツも登場《とうじょう》するかもしれませんね。まあ、ハチミツはぜったいに出てくると思いますよ。それから、ぴかぴかの空色の自転《じてん》車《しゃ》も。なにしろ、イギリスのローリー社がつくった、とてもすばらしい自転車《じてんしゃ》で、見ているだけで気持ちがよくなるし、ちょっとどろがついたら、すぐにきれいにしたいと思うようなものでしたからね。プーさんの森にはほかの自転車《じてんしゃ》もあったかもしれませんが、クリストファー・ロビンのほどぴかぴかのはありませんでしたし、クリストファー・ロビンほど、自分の自転車《じてんしゃ》をじまんに思っている子もいなかったんですよ。

2 フクロウがクロスワードパズルをやり、スペリング・ビーがひらかれること

クリストファー・ロビンが森を出ていってからずっと、コブタはプーのうちでくらしていました。というのも、フクロウがコブタのうちでくらすようになったからで、というのも……そうです。話すと、とっても長くなるんですよ。

とにかく、クリストファー・ロビンがもどってきてから何日かあとのこと、プーはコブタといっしょに、朝ごはんのテーブルについていました。一日のうちで、いちばん楽しい時間です。なぜなら、これからやりたいことがどっさりあるのがわかっていて、それがまだひとつも終わってないんですから。

プーはもう、いつものポッチャリ体操《たいそう》をすませていました。うで立てふせ二回、

引きあげ二回、ひっくりかえって、ごろんと一回。

コブタも、その日の日記をかいていました。


おきた。あさごはんを、たべた。にっきに、これを、かいた。


こんなにたくさんのことを、どうやってうまくまとめたらいいのかなと、コブタは頭をひねっていました。すると、プーが、こんなことをいい出したのです。

「クリストファー・ロビンは、ずーっとどこにいたのかな？」

「わかんないな」

と、コブタは、答えました。じつはコブタだって、そのことをずっと考えていたのです。

「けど、クリストファー・ロビンってすごいね、プー。だってさ、かえってきたら、ほら、ちょっとだけ……ちょっとだけ……」

「うん、そのとおりだよね。ちょっとだけ。けど、すごーくとはいえない……」

コブタは、日記帳《ちょう》をとじるといいました。

「けど、やっぱりクリストファー・ロビンだね」

「どこにいってたか、知りたいなあ。ねえ、コブタ。フクロウだったら知ってるかな？」

「知ってるかもね、プー。そうだと、うれしいね。知らなかったら、フクロウは、なにかお話をこしらえるよ、きっと。それでも、うれしいよね。これから、フクロウにききにいこうよ」

ちょうどそのころ、フクロウはいちばんお気に入りのいすにこしかけて『鳥類新聞《ちょうるいしんぶん》』をたたんでいるところでした。クロスワードパズルの欄《らん》が、いちばん上にくるようにしたのです。すぐわきにある、ひくいテーブルには、紅茶《こうちゃ》のカップがのっています。フクロウは、ロバートおじさんのものだった、古いショールをかたにかけていました。ちょっと、へんなにおいはしますが、それがまた、ひとつのことをいっしょけんめいにやるときには、ぴったりなのです。

最初《さいしょ》のカギは、「1の横」です。「大きな鳥（四文字）」

と、かいてあります。

フクロウは、耳のうしろをはねペンでかきました。それから、紙切れに「ハクチヨ」とかいてみましたが、なんだかおかしな感じがします。それから、紙切れをかがみにうつしてみたのですが、ますますおかしな感じです。それではと、べつの鳥を考えてみましたが、いくらやっても「アホウドリ」や、「ヒクイドリ」を四文字にちぢめることはできません。

「まったくはらが立つわい」

フクロウはぶつぶついって、はねペンを新聞のなかにつっこみました。

ちょうどそのとき、プーとコブタがフクロウのうちについて、ベルひもがわりの、むすび目がひとつあるハンカチを引っぱったのです。

うちに入ったコブタは、ひくいテーブルの上に立って、コホンとせきばらいしました。

「あのね、フクロウ。ぼくたち、クリストファー・ロビンがどこにいってたのか、またそこにいくのか、だったらいついくのかを、あなたが知ってるかどうか、ききたいんです」

あんまりすらすらとことばが出てきたので、コブタは目を何回かぱちぱちさせて、気をおちつけました。

「サファリにいっていたのだよ」

フクロウは、おもおもしくいいました。

「それって、なんのこと？」

プーが、ききました。

「ずっと遠くまでいって、そこから先へはいっておらんということだ。それから、すまんが、かえるときは、ドアをしめていってもらいたいな」

「ぼくたちといっしょにクリストファー・ロビンのうちにいきませんか？」

コブタが、さそいました。

「それで、ぼくたちできいてみたら？」

「ああ、かまわんよ」

フクロウは、そう答えました。クリストファー・ロビンなら、四文字の鳥を知っているかもしれないと思ったのです。

その日は、すばらしい夏の日で、森はきらきらとかがやいていました。シダのしげみにかかったクモの巣《す》には、ちっちゃなしんじゅのようなつゆがちりばめられ、森の木々《きぎ》は、だれがいちばんぴかぴかのみどりの服《ふく》をきているか、きょうそうしているようです。プーたちがついたとき、クリストファー・ロビンは自転車《じてんしゃ》をみがいているところでした。

「やあ、プーと、コブタと、フクロウ。うちに入らない？」

クリストファー・ロビンはいいました。

「みんなに見せたいものがあるんだけど、それは、うちのなかにおいとくものなんだ」

クリストファー・ロビンは、ゆびについたつや出しをハンカチにくっつけ、ハンカチにくっついたつや出しを、またゆびにくっつけてから、フクロウにとても大きな本を手わたしました。うすい紙で、きれいにつつんであります。

「学校で、ごほうびにもらったんだ。クリケット・ボールを、五十メートルくらいとばしたからね」

プーとコブタは、ちらっと顔を見あわせました。

「じゃあ、学校にいってたんだね！　そうだと思ってたよ」

コブタが、うれしそうに大きな声をあげました。

そのあいだに、フクロウはうすいつつみ紙をはがして、本をとり出しました。

「それはね、シソーラス（類語辞典《るいごじてん》）だよ」

クリストファー・ロビンがそういうと、コブタがききました。

「ええっ、ウゾーみたいなもの？　ああ、どうしよう、どうしよう！」

「そうじゃないって。にているけどちがうことばをしらべる本さ。ひとつのことばをさがすと、同じ意味《いみ》のちがうことばが、たくさん出てくるんだよ」

「どうして最初《さいしょ》から知ってることばだけつかっちゃいけないの？」

コブタがききます。

「わかんない。けど、なにかしらべてみないか？」

そこで、プーが「フクロウ」ということばをさがしてみました。

〈賢明《けんめい》な鳥。ホーホーとなく。不吉《ふきつ》な鳥ともいわれる〉と出ています。

「ケンメーって、ヤギかなにか？」

プーが、ききました。

「頭がいいってことさ」

クリストファー・ロビンの説明《せつめい》をきいたフクロウは、「なあるほど」といって、羽をふんわりふくらませました。それから、しばらく考えこみ、また「なあるほど」といい、そしてまた「なあるほど……ふむふむ」と三回もくりかえしたので、フクロウは〈ケンメーで、頭がよくて、ホーホーなく鳥〉に見えてきました。

「このあたりに住んでる動物たちは、あまりキョウヨがないようですな、クリストファー・ロビン。あなたとわたしほどはね」

「キョウヨじゃなくって、教養《きょうよう》だよ」

「そうそう。そのとおり。きっとこのシソーラスは、わたしがクロスワードパズルをやるのに、役に立つでしょうな。おそらく、『1の横』は、ごらんになってないと思いますが？」

「クロスワードパズルだって！」

クリストファー・ロビンは、うれしそうにいいました。

「ぼく、学校でいつもやってたんだよ」

「ほかには、なにをやってたの、クリストファー・ロビン？　十一時のお茶の時間はあった？」

プーが、ききました。

「ちょっとまって、プー。ほんとのことというと、学校へいってたのは、ずっとむかしみたいな気がしてきてさ……。学校って、すっごくうるさくて、地理《ちり》の先生がめがねをかけてて、ゆかみがき剤《ざい》のにおいがして……学校がにおってたんだよ。先生じゃなくって。それで、算数と、クリケットと、スペリング・ビーもあったな」

「ビーって、ミツバチのこと？」

プーがききます。

「ちがうよ。ことばのつづり字がちゃんとかけるかどうかきょうそうするのを、スペリング・ビーっていうんだ。ねえねえ、みんなでスペリング・ビーをやらない？　フクロウ、きみが司会者《しかいしゃ》になればいいよ」

「それは、いい考えですな。この森の動物たちがものを知らなくたって、やつらが悪いんじゃないんですから」

＊＊＊

その晩《ばん》、ベッドに入ってから、コブタはプーにシソーラスのことをききました。

「ただの大きな本のことだよ、コブタ」

「なんとかザウルスみたいな、大きな怪獣《かいじゅう》じゃないの？」

「ちがうよ」

「ウゾーみたいに、こわくないよね？」

「早くお休み、コブタ」

「それに『クロウするパズル』でことばをさがすってフクロウがいってたけど、ことばがみんな、苦労《くろう》しておこってたりしたら、どうしよう」

コブタは、ちょっとぶるっとふるえました。
「ねえ、プー。明かりをつけたままねてもいい？」

つぎの日はスペリング・ビー、ことばのつづりをかくきょうそうの日でした。あいにく空は灰色《はいいろ》にくもり、いまにもあらしがきそうでした。マシュマロみたいな白い雲が、せかせかと空を走っていきます。地平線《ちへいせん》には、もっと黒い雲が集まっていて、これから本気でひとはたらきするぞというようすをしていました。
森のなかのあき地では、二本のカラマツの木のあいだに、フクロウがつくった、おうだんまくがかかっていました。

〈スペリング・ビー　となたでも　ごさんかんください〉

いすがわりの丸太《まるた》が、ぐるりとならんでいます。それぞれの丸太《まるた》の前に、つくえがわりの丸太《まるた》もあります。えんぴつもけずってあり、みんなの前においた四角い紙には、大きな字でそれぞれの名前がほこらしげにかかれていました。

スペリング・ビー
となたでも
ごさんかんください

フクロウは、首からくさりでつるした鼻《はな》めがねをかけ、ロバートおじさんのものだったツイードのチョッキをきています。ロバートおじさんは、なにはともあれフクロウ一家のほこりでしたからね。

ウサギと、カンガと、ルーがいました。ティガーと、コブタ、それにノネズミのセッカチとノンビリ、ほかのウサギの友だち親《しん》せき一同もいます（全員《ぜんいん》そろってはいなかったのですが、これだけいればじゅうぶんでしょう）。それから、カブトムシのイグサ・ヘンリーも。

空からは、いまにも雨がおちてきそうでした。

「みんな、よういはいいかね？」

フクロウはそういいながら、チョッキのポケットから金時計をとり出して、耳にあてました。じつはこの時計、何年も前から三時十五分でとまっていたのです。なかなかすてきな時間にとまったものですね。

ウサギの友だち親《しん》せき一同の一ぴきが、ズズーッと鼻《はな》をすすりました。

「ハンカチをつかいなさい」

ウサギがしかります。

「持ってないもん」

親《しん》せきの子ウサギはそういって、ぷーっとふくれました。それから、もういちど、ズズーッとやりました。

「それに、おれなんか、名前だって持ってないもん」

「名前はあるにきまってるだろ。だれにだって、名前があるんだから。おまえのはきっと、ウサタロウだよ」

フクロウが、大きくせきばらいをしてから、もういちどいいました。

「みんな、よういはいいかね？」

コブタは、字ではなくて、絵をかくきょうそうができないかなと思っていました。なにしろコブタは、テーブルの絵を、四本のあしがぜんぶ見えるようにかくことができるんですよ。これは、とってもむずかしいことなんです。おまけに、テーブルの上の、花を入れた花びんまでかけるのですから。

プーが、コブタにいいました。

「だいじょうぶだよ。字って、かきはじめたらすぐ、すらすらかけるんだから」

コブタは、うなずきました。

「はじめるときが、いちばんいやなんだよね。もうすぐ、はじまるのかな」

ティガーの紙のいちばん上には、もう○と×がかいてありました。ルーと、○と×でます目をうめるゲームをしていたのです。でも、どっちも×をかきたがったので、ふたりはさわがしくなり、ゲームはめちゃくちゃになっていきました。

「勝《か》ったあ！」

ティガーとルーは、同時にいいました。

そのころには、あたりにほこりっぽいにおいが立ちこめ、大きな雨つぶが、ぽつぽつと紙の上におちてきました。森の木立《こだち》に、かみなりがゴロゴロとどろき、あちこちにこだまします。まるで、あらしがようすをうかがっているようでした。西の空へむかってとんでいたムクドリの群《む》れが、いっせいに気がかわったとみえ、南東の方角へむきをかえます。カラマツのこずえの上に、いなずまが光り、ゴロゴロと小だいこの音のようだったかみなりがとつぜんシンバルにかわりました。

「ひゃあ、どうして？　やめてよ！」

コブタが、さけびました。

フクロウが鼻《はな》めがねをかけなおすと、とてもこわい顔で動物たちをにらみつけたので、ウサギの小さな親《しん》せきが一ぴき、キノコの下にかくれました。

「よういができていてもいなくてもかまわん。最初《さいしょ》のことばは、オドロキモモノキだ」

あちこちから、「えーっ！」、「なんで？」という声がきこえます。

「ところで、フクロウさんは、その字かけるんですか？」

ウサギがきくと、ほかの動物たちも、つぎつぎに同じことをききました。

「もちろん、かけるとも」

「じゃ、かいてみてくださいよ」

「わたしは、かかん」

フクロウは、ウサギにそう答えてからつづけました。

「二番目のことばは、シャクナゲだ」

「ミツバチが出てくると思ったのにな」

と、プーがいうと、コブタもうなずきました。

「ぼくだって。それに、プー。シャクノタネなんてかけるやつは、世界じゅうにひとりもいないよね」

「うん。だれがそんなものかきたいと思う？」

「そして、三番目のことばは……」

でも、三番目のことばは、いえなかったんですよ。フクロウがいおうとしたとたんに、大きな雨つぶが辞書《じしょ》の上におち、もっと大きなのが、フクロウのめがねにおちたからです。あっというまに、ふってくる雨と、地面にはねかえる雨とで、森じゅうがぎらぎら光り出しました。

クリストファー・ロビンが、切りかぶの上にとびのりました。

「みなさん、スペリング・ビーは、中止します。とってもいいお天気のときだって、字をかくのはむずかしいんだから、雨のなかじゃ、できるはずないよね」

これをきいて、動物たちは「わあい！」と、よろこびました。

「でも、みんな。うちへこないか？　マフィンをトーストして、トランプで大きな家をつくろうよ」

「だがしかし、クリストファー・ロビン……」

「だいじょうぶだよ、フクロウ。お天気のせいでスペリング・ビーが中止になったときは、ごほうびは司会者《しかいしゃ》にあげることになってるんだから。つまり、きみにってことさ」

フクロウは、鼻《はな》めがねをはずして、二、三度《ど》目をぱちくりさせてからレンズをふき、クリストファー・ロビンにききました。

「このわたしにですか？」

「そうだよ、フクロウ。きみにだよ」

クリストファー・ロビンはフクロウに、一等賞《いっとうしょう》のごほうびをわたしました。それはクロスワードパズルの本で、うしろのほうに答えがぜんぶのっています。フクロウは、とてもとくいそうな顔になりました。そしたらきゅうに、ちょっとだけ頭がよさそうに見えたんですよ。

それから、クリストファー・ロビンは、動物たちをうちにつれていきました。みんな、いちばんいい色にトーストしたマフィンをもらいました。カンガが、黄色いバターを、マフィンのわれ目にジュッとしみこむように、たっぷりぬってくれます。そのうえにジャムをぬりたかったら――みんなが、そうでしたが――イチゴのつぶがまるごと入ったジャムもありました。

マフィンをひとつのこらず食べて、バラの花もようのカップで紅茶《こうちゃ》をのんだあと、フクロウがうれしそうな顔をして、クリストファー・ロビンのところにいきました。

「四文字の大きな鳥のことですが」

「それが、どうしたの？」

「もちろん『フクロウ』にきまってますな！」

「うん、そうにきまってるよね！」

クリストファー・ロビンは、うなずきました。

おやつを食べたあと、動物たちはやっとおちついて、プーさんの森でいままで見たことがないくらい、大きなトランプの家をつくりました。小さな塔《とう》や橋《はし》もあり、のりものをとめる庭《にわ》もあります。カードをぜんぶつかい終わったとき、ティガーが、ぼーんとはねてまんなかにのったので、トランプの家はぺしゃんこになってしまいました。でも、だれも気にし

ませんでした。

なぜなら、あらしはとっくにすぎさっていて、丘《おか》のむこうから、夕日がおそるおそる顔をのぞかせていたからです。お月さまも出ていました。ですから、みんな、うちにかえってベッドに入る時間だとわかりました。

プーは、その晩《ばん》はクリストファー・ロビンのうちにとめてもらい、クリストファー・ロビンがおふろに入っているところを見物《けんぶつ》しました。けれども、プーが本当に見たかったのは、クリストファー・ロビンが前と同じように青いズボンつりをしているかどうかということだったんですよ。そう、まだズボンつりをしていました（もちろん、おふろのなかでは、していませんでしたけどね）。

3 ウサギが、いろんなものの、ほとんどぜんぶをソシキすること

森の動物のなかで、いちばんかしこいのはウサギでした。もしあなたが、森のだれかに「このへんに、かしこいものはいませんか？」ときいたら、「それじゃ、ウサギに会いにいったら」という答えが、きっとかえってくると思いますよ。

そこで、あなたはウサギの家にいくことにします。家といっても地面にほったあなですが、表《おもて》のドアとうらのドアがあるのです――ほうら、とってもかしこい家でしょう？　そして、ウサギは「きみはだれ？」とか、「もしかしてきみは、ぼくがあ

いつだと思ってるきみ？」とかきいてから、なかに入れてくれるはずです。

そして、ウサギのうちの客間《きゃくま》には、なかなかかしこいものがおいてあります。カレンダーとか、コランダー（水切りのボウル）とか、ろばたにおくしきものとか、だんろ用の鉄《てつ》の道具《どうぐ》とか、こわれにくいロイヤル・ドルトン製《せい》のお茶のセットとか。かべには、イギリスの南にあるボーンマスの地図がかかっています。

あなたがいすにすわると、ウサギは、こぼしたときのために大きなうけざらにのせたカップで紅茶《こうちゃ》を出してくれます。ね、かしこいカップでしょう？　そして、エジンバラ城《じょう》の絵のついたカンに入った、バターたっぷりの小さなビスケットでもてなしてくれるはずです。最後《さいご》にウサギは、あなたがビスケットのくずをちらかさなかったか、よくよくたしかめてから、入ってきたドアからおくり出してくれることでしょう。

「この森にも、かしこいものがいてくれるといいのに」

ウサギは、そんなときに、よくこういっていたものでした。

「さもないと、いつ、なにがおこるかわからないからね」

もしだれかに、「なにが」とはなんのことかときかれると、ウサギはこんなふうに答えるのでした。

「海賊《かいぞく》とか、革命《かくめい》とか、地面にゴミをすてててひろわないこととかさ。それに、きみは、まさかのときのために、いつもきれいなハンカチを持って歩かなきゃいけないよ」

ある日、ウサギ、クリストファー・ロビン、コブタ、それにプーが、ウサギの家にほど近い川岸《かわぎし》で、日なたぼっこをしながらお茶をのんでいたときのことです。みんなのおしゃべりは知らないまに、ウサギの大すきないつもの話になっていきました。「革命《かくめい》とか……」というところまでいくと、プーは、ハチミツのつぼに頭をつっこみました。

「そこで思い出したんだけどね」

ウサギは、プーのことなどかまわずにつづけました。

「ここでは、だれひとりとして、ちゃんとした食事をしてないね。みんな、ぼくみたいに畑《はたけ》を持つべきだよ。そしたら、古代《こだい》ローマ人みたいに、何列《なんれつ》にもやさいをそだ

てることができるんだ」

「ローマ人は、列《れつ》にしてやさいをそだてたの？」

クリストファー・ロビンが、ききました。

「あのね、やさいをつくるんだったら、列《れつ》にしてそだてたと思いますよ。ぐるっと輪《わ》にしてそだてるのは、すごくむずかしいからね」

それからウサギは、プーに顔を近づけていいました。

「ちょっと考えてごらんよ。ハチミツやコンデンスミルクばっかり食べてたら、からだにいいわけないだろ。きみも、ぼくみたいな食事をしなきゃ」

プーは、ハチミツのつぼから頭を出すと、ウサギをじいっと見つめました。

「ハチミツのつぼは、ひと月に一こだけにしなさい。ハチミツのかわりに、自分のうちでそだてたニンジンやハツカダイコンを食べればいい」

「ハツカダイコンだって！」

プーは、ああ、いやだというように、声をあげました。

「なあに、ちょっとじょうだんをいっただけさ」

ウサギは、そう答えました。

たしかに、ハチミツについては、プーをちょっとからかっただけかもしれませんが、森のいろんなことを組織《そしき》して、きちんとさせるということについては、ウサギは本気でした。

「この森に、いちばん必要《ひつよう》なのは……」

ウサギは、むねをはっていいはじめました。

「畑《はたけ》や、かしこい食事や、のびのびになっているいけがきやみぞの手入れだけでなく、戸別調査《こべつちょうさ》だよ」

プーは、鼻《はな》の頭についたハチミツをなめてから、いったいなにをいい出したのかと、ウサギにきいてみました。

「戸別調査《こべつちょうさ》っていうのはね、そこに住んでるものの名前をかき出したり、人数とか、そのほかいろいろしらべたりするってことだよ」

「けど。どうして、それをしなきゃいけないの?」

「もしだれかにきかれたら、すぐに答えられるようにさ。イギリスに古くから住んでたブリトン人は、ドゥームズデー・ブックっていう土《と》

地台帳《ちだいちょう》に、そういうことをかいたんだ。それで、そこにだれが住んでるとか、だれがどこに住んでるとかわかったら、そのう……」

ウサギは、自分でもわからなくなったので、ちょっとだまりこんでからいいました。

「……みんなから税金《ぜいきん》として、お金をとれるじゃないか」

「で、どうしてお金をとりたかったの？」

クリストファー・ロビンがききました。なかなかかしこい質問《しつもん》です。

「もちろん、土地台帳《とちだいちょう》をつくるのに、お金がかかったからですよ。だれでも、そんなこと知ってると思ってたけどな」

ウサギのいっていることがみんなにひろまると、ほかの動物たちは、首をかしげました。

「なにもかも数えるなんてこと、できないと思うわ」

と、カンガはいいました。

「ダイチョーなんか、やめてチョーダイっていいたいよね」

コブタはそういってから、なかなかりこうなことをいっちゃったと、ひとりで赤くなりました。

ウサギはウサギで、百エーカー森に必要《ひつよう》なのは台帳《だいちょう》だなどといってしまったものですから、調査《ちょうさ》をはじめないわけにいきません。

まずはじめにたずねたのは、フクロウのうちでした。ウサギはベルひもがわりのハンカチを引っぱると、へんじもきかないうちに、なかに入りました。

フクロウは、知恵《ちえ》の輪《わ》をいじっているところでした。三年前に、クリスマス・クラッカーに入っていたものです。それといっしょに、紙のぼうしと、キリンについてのジョークをかいた本も入っていたんですよ。

「いったいなんだね、ウサギ?」

フクロウは、むっつりした顔できききました。

「戸別調査《こべつちょうさ》の台帳《だいちょう》をつくるために、いくつか質問《しつもん》をさせていただきます」

「よろしい。だが、早くしとくれ」

「お名前は？」

「どういうふうに、かきますか？」

「フクロウ」

「フ・ウ・ク・ロ」

「年れいは？」

「ほっといてくれ！」

「お仕事《しごと》は？」

「うるさい、いいかげんにしろ！」

おこったフクロウが、つばさをバサバサさせたものですから、ウサギは耳をへたっとさせて、大あわてで家から出ました。

つぎのゆき先は、イーオーのインキクサ原です。灰色《はいいろ》のおじいさんロバのイーオーは、お日さまにぽかぽかてらされながら、またわかいころにもどって、ケシの花さく野原にいる夢《ゆめ》を見ているところでした。

「あっちへいけ、ウサギ」

イーオーは目をあけて、ぶつぶついいました。

「せっかくしあわせな気持ちでいたっていうのに」

「イーオー、しあわせっていうのは、すてきなことだと思うけどね、いくらしあわせでも、だれもゆでたパースニップ（アメリカボウフウ。かおりのいい、クリーム色の根《ね》を食べる）にバターをぬってくれませんよ。つまり、なんの役にも立たないってこと」

「じゃあ、バターをぬらないでほっとけ」

こういうとイーオーは、前あしのあいだに頭を入れました。これは、イーオーができる、二番目にしつれいなことです。

「まったく、なんてロバだ！」

ウサギはそういいましたが、イーオーのほうは、また夢《ゆめ》のなかにもどろうと、目をとじてしまいました。

ウサギの名簿《めいぼ》に、つぎにのっていたのは、クリストファー・ロビンでした。クリストファー・ロビンは、六本松《ろっぽんまつ》をスケッチしているところでした。

「こんちは、ウサギ。戸別調査《こべつちょうさ》は、うまくいってる？」

「ええ、とってもうまくいってますよ。あるロバをのぞけばね。どちらにせよ、いったんことがはじまれば、もう半分終わったのも同じことですから」

クリストファー・ロビンは、スケッチから顔をあげて、おでこにしわをよせました。

「ぼくはそう思わないな。もし、百ページの本を読むとしたら、はじめに一ページ目を読むよね。けど、五十ページまで読まなきゃ、半分終わらないじゃないか。そうだろ？」

でも、ウサギはクリストファー・ロビンのいうことなんか、きいていませんでした。

「お名前は？」

「もう知ってるだろ、ウサギ」

「それは、どうかくんですか？」

「空の『そ』とレモンの『れ』だよ」

そう答えてから、クリストファー・ロビンはスケッチをつづけることにして、かげのあるところに、かげをかきました。

「ごめんね、ウサギ。ぼく、もっとおもしろいことをしてる最中《さいちゅう》だから」

ウサギは、ぶつくさいいながら、つぎの家に歩いていきました。台帳《だいちょう》がうまくいかないのは、みんなに「社会的責任《しゃかいてきせきにん》」がかけているからかもしれません。でも、そうでないかもしれません。

カンガの家へいくと、ティガーとルーが、ボウルなめゲームをしていました。ルールもなにもないゲームで、ケーキの生地《きじ》が入っていたボウルをじゅんばんになめて、最後《さいご》になめたほうが勝《か》ちです。

「ティガー、まずきみからはじめよう」

ウサギは、いいました。

「うん、はじめよう」

ティガーはそういって、その場でちょっとはねましたが、なにをはじめるのかさっぱりわかりません。でも、ティガーは「なにかをはじめよう」といわれるのがすきだったし、なかでも「まず、きみ

からはじめよう」といわれるのがすきだったし、そういうときには「うん」といったほうがずっとおもしろいので、「うん」と答えたのです。

「名前は？」

「ティガー」

「どんなふうにかくんだい？」

「ティ・グワアアアア……」

ティガーは、こわい声でうなります。

「ティガーちゃん、そういうことをするときは、口にハンカチをあてるものですよ」

カンガが、横からいいました。

「年は？」

ティガーは前あしを数えてから、ひげを数え、それからルーの前あしとひげを数え、それからカンガの前あしとひげを数えました。

「わかんない」

おしまいに、ティガーはそう答えました。

「じゃ、十二歳《さい》とかいておこう」

「ばんざあい！　じゃあ、おいらのたんじょう日もできたんだね！」

ティガーは、うれしそうにいいました。

ウサギは、戸別調査《こべつちょうさ》でわかったことをまとめて、台帳《だいちょう》をつくりました。

それから、クレヨンで表《ひょう》をかいて、きれいにぬりました。まだ、色の名前をかいた紙がきちんとまいてあるクレヨンです。それから、クリストファー・ロビンに見せにいきました。

「すっごくよくできたね」

と、クリストファー・ロビンはいってくれました。

「けど、どうしてきみは、入ってないの？」

ウサギは、表《ひょう》をじっとながめました。

「ああ」

ウサギは、しまいにそういって、あしをもぞもぞと動かしはじめました。

「それはそのう……」

それから、ゆかをじっとにらみました。

「見おとしたんです」

「それじゃ、きみの分も入れて、きちんと終わらせたほうがいいよ」

ウサギは、はじめのうち、自分の質問《しつもん》に自分が答えるのは、なんてかんたんなのだろうと思いました。

いくつですか？

五歳《さい》でいいと思うけど。

仕事《しごと》は、なんですか？

ウサギはすこし考えてから「大事な仕事《しごと》」とかきました。

でもすぐに、ウサギ一家の数についての質問《しつもん》になりました。森のなかは、どちらをむいても、ウサギの友だち親《しん》せき一同ばかりです。ずっと前から、そうでした。でも、いったいだれとだれが友だちで、だれとだれが親《しん》せきなのでしょう？

前に、ウサギはとくべつの日記を買って、みんなのたんじょう日をかき入れてみた

ことがありました。けれども、ウサギほどかしこくて、きちょうめんな動物にも、それはとてもむりな仕事《しごと》でした。

そこで、ウサギはウサじいさんに会いにいくことにしました。ウサじいさんはたいへんなお年よりで、一家でいちばんえらいのです。

さて、ウサじいさんは、ウサギのことを、あんまり感心でききんやつじゃと思っていました。もっともウサじいさんは、だれについても、そう思っていたんですけどね。それでもウサじいさんは、ウサギのいうことをねっしんにきいてくれました。そして、すこし考えてから、おもおもしく、こういったのです。

「友だち親《しん》せき一同を、おまえのうちにしょうたいするといってまわったらいい。食べものを

出すと、やくそくするんじゃ。そして、れんちゅうがたずねてきたら、名前と年をきけ。こうすれば、うまくいく」

それから、ウサじいさんはちょっと間《ま》をおいて、ウサギをじろっとにらみつけ、大声でどなりました。

「さあさあ、わかいの。さっさとかえらんか！」

ウサギは、ウサじいさんにいわれたとおり、友だち親《しん》せき一同を家にしょうたいするといってまわり、親《しん》せきにはニンジンを、友だちにはバターたっぷりのビスケットをごちそうするとやくそくしました。

やがて、その日がやってきました。朝の八時半きっかりにウサギがドアをあけると、いちばんはじめにきたちびウサギが、ビスケットをちょうだいなといいました。

「けど、おまえは親《しん》せきじゃないか」

ウサギは、たしなめました。

「だから、ニンジンを食べなさい」

ちびウサギは、前あしで両方《りょうほう》の耳をおさえて、大声でわめきました。

「あたし、親《しん》せきじゃないもーん！　ビスケットがほしいんだもーん！」

こんなことで、てまどってもいられないので、ウサギはちびウサギにビスケットをやりました。それから一時間のうちに、ウサギはハリネズミ三びき、ノネズミ四ひき、リス六ぴき、カブトムシ三びき、ウサギ二十一ぴきを、しらべ終わりました。みんながみんな、自分は「友だち」だといいはっていました。

エジンバラ城《じょう》の絵がかいてあるカンのビスケットは、とっくのとおになくなっていて、お手製《てせい》のイチゴジャムも同じようにおしまいになっていました。おまけに調査《ちょうさ》につかう紙までなくなってしまいましたが、長い、長い行列《ぎょうれつ》はカンガの家までつづいています。

子どもたちは、ルーの砂場《すなば》を見つけて、すっかり気に入ってしまい、そこであそびはじめました。

ところが、ウサギの畑《はたけ》にあるニンジンには、だれも見むきもしません。おそくやってきて、ビスケットをもらえなかった「友だち」は、と

てもはらを立てて、そこらじゅうをめちゃくちゃにしはじめました。ウサギの、かしこく、きちんと整《せい》とんされた客間《きゃくま》はだらしなくちらかり、あちこちにどろやら砂《すな》やらのあしあとがついてしまいました。

子どもたちは、おもしろいあそびを思いつきました。レースの花びんしきを頭にのせ、だんろの前のしきものをからだにぐるぐるまきつけて、遠い国の王さまやお妃《きさき》さまになるのです。

ウサギがクレヨンでかいたきれいな表《ひょう》は、たちまちカンからとり出したクレヨンでめちゃくちゃにぬりたくられました。ロイヤル・ドルトン製《せい》のカップはたおされ、ウサギがニンジンをそだてている美しい畑《はたけ》ときたら、それはそれはひどいありさまになってしまいました。

「おぎょうぎをよくしろ！」

ウサギは、どなりました。

「みんなのお手本になれよ！　もっとかしこくなれ！」

「けど、こっちはお客さまだよ。それに、ビスケットをくれるってやくそくしたじゃないか。なのに、ビスケットが一枚《まい》もないなんて、おまえのほうがひどいよ。へーん

だ！」

「じゃ、おいしいニンジンを食べて、おぎょうぎよくしろ！」

ウサギは、かんかんになって、キイキイ声でどなりました。

けれども、ちびウサギたちは、もうニンジンなんかあきあきしてるといって、こんな大合唱《だいがっしょう》をはじめるしまつ。

「どーして、まーたなきゃ、いーけないのお！」

「ずーっといつまでも、まってろ！」

かんぜんに頭に血《ち》がのぼったウサギは、わめきました。

それからウサギは、うちから走り出るなり、いちもくさんにプーの家へつっ走りました。いちどもとまらずにプーのところについたウサギは、やっと息《いき》ができるようになってから、なにがあったか話し……けれども、プーのなぐさめのことばをきいているうちに、すこしばかりおちついてきました。

「いいから、いいから、ウサギくん」

と、プーはいってくれたのです。

「心配するなよ。もうすっかり終わったんだから」

(本当は、まだ終わってなかったのですが、前にはかしこかったけれど、いまは悲しみにくれているだけのウサギにいってあげるには、なかなか親切なことばではありませんか)。

「それより、ココアと、ちょっぴりなにかつまむものなんかどう?」

プーは、ウサギにすすめましたが、ちょっと考えてからいいなおしました。

「でなきゃ、ココアだけでもどう? ちょっぴりつまむものは、ぼくが食べることにするよ。きみの健康《けんこう》のためにね」

でもウサギは、ちょっぴりつまむものをどうしてもほしいという顔をしています。そして、プーがしぶしぶテーブルにのせたハチミツとコンデンスミルクをすっかりたいらげると、ウサギは、ココアのカップをしっかりかかえて、いすにすわりなおしました。

「ぼくは、自分のことを、かしこい動物だと思ってたんだ」

ウサギは、そういって、ぶるぶるっとふるえました。

「もちろんそうだよ」

と、プーはいってあげました。

「だれだって知ってるよ、ウサギくん」

「それに、台帳《だいちょう》のほうも、快調《かいちょう》だったのに」

「ダイチョウとカイチョウって、ほとんど同じことばだもんね」

プーも、うなずきます。

「それとね、プー。畑《はたけ》をつくる計画だって。みんなにやさいを……」

「だれかには、ハチミツを」

プーは、まじめくさった顔でいって、おさらのはしについているハチミツをなめました。

ウサギは、プーがなにか大事なことをわすれているような気がしてきました。けれど、ちょっといってみようと思っても、むずかしくて、いえそうにありません。

そこで、昼の十二時にちょうどかえってきたコブタに「おやすみなさい」といってびっくりさせてから、ウサギはプーの青いもめんのふとんにもぐりこんで、ねてしまいました。コブタは、どろのなかをころがって、ウサギみたいな、いいぐあいの茶色になっていました。

日がくれても、まだウサギはねむっていましたが、プーはちっとも気にしませんでした。古いもうふをとり出して、ハチミツのつぼがぶじかどうか、たしかめられるように、ハチミツの戸だなの下でねることにしたのです。

つぎの朝のことです。ウサギの友だち親《しん》せき一同が、ちょっとおどおどしながら、プーの家のドアをノックしました。それからプーに、ウサギがどこにいるか知らないかとききました。

「いまは、ねむ……」

と、プーはいいはじめましたが、そこでちょっと考えました。ウサギのことを考えたんですよ。もしも、いまここにウサギがいて、いつものウサギにもどっていたとしたら、いったいなんていうだろう、ってね。

「ぼくのなかよしのウサギから……」

プーは、できるだけおもおもしく話しはじめました。

「ぼくの、大のなかよしのウサギから、きみたちにこういってくれって、たのまれたんだ。きみたちのきょうの仕事《しごと》は、ウサギのうちをすっかりきれいにして、できるだけきちんとソキシすること。なにもかも、きちんと列《れつ》にして……とか……まあ、そんなふうにね。おき場所がちがってないかどうか、ウサギがあとでたしかめるっていってるよ」

こういうわけで、みんなそろってウサギのうちにいきました。うちをすっかりぴかぴかにするのには、思ったより時間がかかりませんでした。あらったり、ほこりをはらったり、みがいたりするあいだ、みんなで、すきな歌をうたいました。

コブタは、クリストファー・ロビンからならった、フランス語の歌をうたいました。年がら年じゅう鐘《かね》をならしていた「フレール・ジャック」という男の人の歌です。

そして、みんなその歌がいちばん気に入ったので、コブタはもういちどうたい、コーラスのところはみんなでうたいました。あとからもどってきたウサギまで、うたったんですよ。

フクロウが「あいつは、しょうしょうオンチだ」と、つぶやいていましたけどね。けれども、だれも気がつかなかったし、気がついていたとしても、フクロウがいったいなんのことをいっているのか、だれにもわかりませんでした。

4 いつまでも雨がふらず、川からつるつるすべすべのものが、あらわれること

だれも、いままでにこんなことがあったおぼえがありません。なにしろ、四十日と四十夜も雨がふらず、どんどん暑《あつ》くなっていくのですから。森のおくにある小川はのろのろとしか流れなくなり、きらきら光ったりもしません。イーオーのインキクサ原にほど近い沼《ぬま》は、もう沼《ぬま》とはいえず、大きな川も、ちょろちょろの小川になってしまいました。ルーぼうやだって、石の上をぴょんぴょんとんで、しっぽをぬらさずにむこう岸《ぎし》までわたれるくらいです。

そのあと、もっともっと暑《あつ》くなってきました。もこもこの毛がはえたティガーは、ぼーんとはねたりできなくなり、コブタはいつもイーオーのかげぼうしのなかで、横になっています。イーオーは、ときどきしっぽをヒュッヒュッとふって、ハエをおい

はらっていました。

それでも、フクロウの温度計《おんどけい》には「快適《かいてき》」という字が出ていました。フクロウがたたいても「快適《かいてき》」という字はきえず、もういちどたたくとゆかにおちて、ガラスがわれてしまいました。それでもまだ、「快適《かいてき》」という字はきえず、あいかわらず雨はふってきません。

川はどんどん細くなっていって、しまいにはルーがペチャペチャと歩く水たまりになってしまいました。ルーは、カンガが見ていないときに川のなかをペチャペチャ歩きました。ときには見ているときにもペチャペチャ歩くこともあります。そんなわけで、ルーがお茶の時間にうちに入ってくると、じゅうたんの上にちっちゃなあしの形の水たまりがいくつもできました。

イーオーは、沼《ぬま》がすっかりかわいてしまってできたくぼ地で、古いブリキのトランクを見つけました。トランクの横には「巡洋艦《じゅんようかん》フォーティチュード号《ごう》」とかいてあります。また雨がふったら、水をためておくのにちょうどいいのう、とイーオーは思いました。

クリストファー・ロビンとプーが、イーオーをてつだってトランクをくぼ地から引

きずり出しました。それから、みんなで草原にねころんで休みました。

プーが、クリストファー・ロビンにいいました。

「いいなあ。きてるものを、ぬげるんだから。ぼくは、毛皮《けがわ》をぬげないんだ」

でも、クリストファー・ロビンは、暑《あつ》すぎてへんじができませんでした。

そんなある日、いままででいちばん暑《あつ》い日だというものも、これまでになく暑《あつ》い日だというものもいましたが、とにかくその日、長くて、くねくねしたものが、ひょっこりあらわれたのです。

やわらかい毛でおおわれて、口ひげをはやしているそれは、前は川だったのに、いまではぬかるみになってしまった場所から、ぴょこっと顔を出しました。

「あらら！」

つやつやで、つるつるすべすべで、つめたい銀色《ぎんいろ》に光るそれは、ブナの木の下に、ちょこんとすわりました。それから、ビーズみたいな目で、あたりを見まわしました。

「ほこり高いカワウソが、おふろに入れないとは、どういうことですの？」

つるつるすべすべのそれは、えらそうな声でつづけます。

「そのうえ、あたくしの食べものがなんにもないなんて」

「それって、ぼくに話してるの？」

ウサギがききました。ちょうど、せんたくもののこりをかごに入れて、川ののこり水であらおうと持ってきたところだったのです。

「そういう耳の長いおまえは、いったいだれなの？」

「ウサギですよ」

ウサギは、ぎょっとしてから、かなりむっとした顔できさかえしました。

「そういうあんたは、だれなんですか？」

「きいているのは、あたくしのほうよ、ウサギのウサくん。もっとも、おまえのほうが、あたくしよりかしこければべつですけど。どうも、そのようには見えませんわね。手品師《てじなし》のぼうしから、たったいま引きずり出されたばかりみたいですもの」

ウサギは、こんな話しかたをされたので、どきどきそわそわしてきて、どっちをむいたらいいやら、わからなくなりました。そんなようすを見ながら、つやつやで、つるつるすべすべのそれは、二、三度鼻《どはな》をならしました。どちらかというと、クスクス

わらっているようにも、きこえましたけどね。

「さて、ウサくん。それではいっておきますけど、あたくしの名前はロッティです。

でも、おまえはまだ、あたくしの質問《しつもん》に答えていませんよ」

「質問《しつもん》って、なんでしたっけ？」

「あたくしも、わすれてしまったわ」

「それじゃ、クリストファー・ロビンにきいてきます」

ウサギは、いつもよりちょっとばかりせかせかと走っていきました。

クリストファー・ロビンは、地図帳《ちょう》を見ているところでした。

「どうしてたいていの国が、ピンクなんだろうね？」

クリストファー・ロビンは、ウサギにききます。

「そんなこと、考えてるひまはないんですよ」

「けど、その国にいったら、地面がピンクだったなんてこと、
あるはずないだろ？　それに、地球がまるいっていうんなら、
どうして地図はひらたいんだろう？」

「あああ！」

ウサギは、頭をかかえました。なんていろんなことを質問《しつもん》される朝なんでしょう！　答えがわからないので、ウサギは話題《わだい》をかえました。

「それはともかく、クリストファー・ロビン。川からなにかが出てきて、おふろに入りたくて、食べるものもほしいっていうんですよ。たぶん、カワウソだと思うんだけど」

「おふろなら、うちにあるよ」

クリストファー・ロビンは、元気よく答えました。

「それに、食べものをおいてあるへやに、びんづめの肉もある。それでだいじょうぶかな？」

「ちょっとあそこへいって、自分できいてもらえますか？」

ウサギとクリストファー・ロビンが、前にはちゃんとした川だったぬかるみにつくと、もうたくさんの動

物たちがカワウソをとりかこんでいました。カワウソは、オルゴールのなかに入っているバレリーナのように、くるくるまわったり、からだをひねったりしていました。

「あたくしの名前は、ロッティよ」

カワウソは、えらそうにいいました。

「あたくしのすてきな毛皮《けがわ》のコートを、見てごらん。お日さまの光のなかでは銀色《ぎんいろ》に、くもった日には錫《すず》みたいなグレーに光るのよ。それからね……ほうら、あたくしの金色のひとみ。それに、長いしっぽ。あたくしは、これを、舵《かじ》ってよんでますけどね。これですすむ方向《ほうこう》をかえるわけ。長くて、しなやかで、とてもひょうばんのしっぽですのよ。それからね、みなさん、お気をつけあそばせ」

カワウソは、最後《さいご》にいいました。

「あたくしの赤い舌《した》。それから、まっ白な歯《は》。この歯《は》は、とてもするどいのよ。いっておきますけど、いざというときにはね」

動物たちが、ぎょっとなると、カワウソは草の上でなんどかころがってから、しげみのなかにするするとかくれました。

「あたくしを、つかまえてごらん！」

カワウソは、大きな声でいいます。
「つかまえられないでしょ！」
しばらくのあいだ、動物たちはいっしょけんめいカワウソを見つけないように
しましたが、それもけっこうむずかしかったんですよ。なにしろ、しっぽが十五
センチあまりも、しげみからのぞいているのですからね。
けれども、そのうちにティガーがうっかりしっぽをふんでしまい、カワウソの
ロッティがウーッとうなりました。そこで、ゲームはおしまいになりました。
「百エーカー森にようこそ」
クリストファー・ロビンが、あわてていいました。こまったことがおきそうで
したからね。
「ぼく、クリストファー・ロビンだよ。うちにきて、おふろに入らない？
もし、そうしたかったら」
ロッティは、しげみのうしろから出てきて、おしとやかにおじぎをしました。
「ありがとうございます、ロビンさま。こんなにこまっておりませんでしたら、
ごやっかいをかけることもなかったとぞんじますが」

そこで、みんなそろってクリストファー・ロビンのうちにいきました。クリストファー・ロビンはおふろに水を入れて、ロッティがなかに入るのをてつだってやりました。

「ロビンさま、もうすこしつめたくしてくださいな。あたくし、ちょうどよくひえたおふろがすきなものですから。気分が、しゃきっとしますのよ」

ロッティは、おふろのなかをしばらくおよぎまわり、スポンジをほうりなげてはとったりしてあそびました。それから、小さくからだをまるめると、まんぞく、まんぞくというように鼻《はな》をならしながら、うれしそうにくるくるまわりました。

けれども、クリストファー・ロビンがびんづめの肉をすすめると、ロッティはこういってことわりました。

「カワウソは、ウナギとカエルをいただきますの。ですから、あたくしも夕食に、そういうものをいただきたいわ」

「うちにはウナギもカエルもないからなあ。けど、サーディン

（ヨーロッパ産《さん》のイワシ）のカンづめだったらどう？」

「ポルトガル製《せい》ですの？」

「そういうのも、あると思うけど」

「オリーブオイルづけ、それともトマトソースかしら？」

「ええーっ！」

クリストファー・ロビンは、たてつづけに質問《しつもん》されるのになれていませんでした。学校でだって、こんなふうにはきかれません。そこで、とにかく食べものをおいてあるへやにいって、カンづめをひとつ持ってきました。

「上等のおたくではね」

ロッティはいいました。

「そういうおたくでは、オリーブオイルのとトマトソースの両方《りょうほう》のサーディンをテーブルに出すんですよ。それで、使用人のへやでは、同じイワシでもサーディンではなくて、マイワシのカンづめを出しますの！」

クリストファー・ロビンは、ロッティを黄色いタオルでつつんで、居間《いま》につれてきました。それから、オリーブオイルづけのサーディンを青いおさらにのせて、持っ

てきました。ロッティは、せっせと口を動かして、ムシャムシャ、バリバリとたいらげました。

「悪くないですわ」

ロッティは、そういってからつづけました。

「さあ、それでは、わたしのハーモニカをふいてさしあげましょう」

ロッティは、なかなかみごとにハーモニカをふきました。

みんな、はくしゅをしました。思い切って「ブラボー、ロッティ！」とさけんだ動物もいたんですよ。

「それは、ありがとう。では、あたくし、ここにいることにいたしますわ」

ロッティは、ひざをちょっとまげて、上品なおじぎをしました。

＊＊＊

雨は、やっぱりふってきませんでした。

イーオーは自分のかげぼうしに入って横になろうとしましたが、

いくらいそいでやっても、すばしこくにげられてしまいます。イーオーはあきらめて、ブラックベリーのやぶにたまったつゆをなめることにしました。

「つゆなんて、あまりうれしくもないのお。とくにクモの巣《す》がかかってるときはな。たいてい、朝になるとクモの巣《す》がかかってるが、まあ、なんにもないよりましってことか」

ある日、クリストファー・ロビンがロッティのおふろを入れようと水道のせんをひねりました。ところが、ゴホッとせきばらいのような音といっしょに出てきたのは、チョロチョロの茶色い水、それにふかいため息《いき》がひとつだけでした。

「あらら！」

ロッティは、大声をあげました。

「これでは入れませんわ。あたくし、そこまで身分《みぶん》をおとしたくございませんもの！」

こうなったら、会議《かいぎ》をひらくよりしかたありません。フクロウが、会議《かいぎ》できめるべきことを、つぎのようにかきあげました。

その一　ぜんかいの　かいぎの　キロクについて
その二　水の　けつぼについて
その三　そのたの　じこー

議長《ぎちょう》になったのも、フクロウでした。

「その一、ぜんかいのかいぎのキロクについて、話しあうこととする」

フクロウがそうはじめると、クリストファー・ロビンがいいました。

「記録《きろく》なんてないじゃない。だいたい、前に会議《かいぎ》なんかやってないんだもの。それに、もし会議《かいぎ》があったとしても、記録《きろく》なんてつくらないと思うな」

動物たちも、そうだ、そうだと、小さい声でいいました。

「よろしい」

フクロウは、ちょっときげんの悪い声になりました。

「それでは、その一はとばすとして、その二にうつることにしよう」

「ぼくは、こう思うんだ」

ウサギが、意見《いけん》をいいました。

「ぼくたちには、水がいるけど水がない。つまりこれは、水をとってこなきゃいけないということだ」

「それも、すぐにですわ！」

ロッティが、横からいいました。

「そのとおり」

フクロウは、うなずきました。

「だが、ウサギ。どこからとってくればいいんだ？」

そのとき、イーオーが前あしをあげました。

「もし、だれか、わっしがこれからいおうとすることに耳をかたむけるならば、そうはいっても、そんなやつはひとりもおらんじゃろうな、それでも、わっしはこれからそれをいおうと……えーと、どこまで話したかな？

おお、そうじゃ。もし、この森のれんちゅうが、つまらん会議《かいぎ》なんぞをするかわりに、ちょっとばかり頭をひねったら思い出すはずじゃがのう。その、ずっとむかし、森のてっぺんにあるガレオンくぼ地のそばに、古井戸《ふるいど》があったことをな。すくなくとも、わっしはそこに井戸《いど》があったと思うんじゃが」

「けど、まだあるんですかね？」

ウサギが、ききました。

「で、それをぼくたちが見つけることができて、で、それがほんとに井戸《いど》だったら、水があるんですかね？」

「いや、ひょっとしたら、いいや、ひょっとしたら、いやいや、ひょっとしたら」

イーオーは、答えました。

「こうして『ひょっとしたら』を三つたしたら、たぶんひとつの『きっとそうかも』になるかもしれんのう……」

「では、これからみんなでさがさなければ」

と、フクロウがいいました。

もしもロッティがいなかったら、とても古井戸《ふるいど》を見つけることはできなかったでしょうね。あちこちさがして、ツタとハリエニシダのしげみに近づいたとき、ロッティはとつぜんぴたりととまり、後《あと》あしで立ちました。そして、頭のうしろの毛をさかだて、首をのばし、耳をうしろにぺたりとつけ、鼻《はな》をひくひく動かしています。それから、ロッティは小さな声でいいました。

「ここよ。かおりがただよってきますわ。小鳥が空気を感じるように、カワウソは水を感じるんですのよ」

これをきいた動物たちは、しげみの下の小さな草をぬきはじめました。たけの高い草や、からまった枝《えだ》は、クリストファー・ロビンが切っていきました。まもなく、目の前の地面にあながあらわれました。

そのあなを、クリストファー・ロビンは「井戸《いど》あな」だといいました。あなのまわりには、木のまるいわくがありましたが、もうくさっていて、ワラジムシがはいまわっていました。そして、古い、さびついたバケツが、いまにもちぎれそうなくさりにむすばれ、そのくさりは、もっともっとおんぼろの、ハンドルつきのまきあげ機《き》にまいてありました。

コブタが、おっかなびっくり井戸《いど》をのぞきこみました。

「ずっと、ずーっと下まであるよ」

「ぼくは、こう思うんだ」

クリストファー・ロビンが、なかなかかしこいことを、いい出しました。

「ここに井戸《いど》があることがわかったんだから、つぎは水があるかどうか、た

しかめなきゃいけない。それには、なにかをなげこんで、ポチャンというかどうか、きいてみればいいんだ。だれか、小石を持っていないか？」

「持ってるよ」

ティガーが、いいました。

「けど、これはすっごくとくべつなやつで、おいらが集めてる『すっごくとくべつで、おもしろい石』のなかに入れようと思ってるんだもん」

「こらっ、ティガー」

ウサギが、きびしい声でいいました。

「いま考えなきゃいけないのは『最大多数《さいだいたすう》の、最大幸福《さいだいこうふく》（おおくの人びとに最大《さいだい》の幸福《こうふく》をもたらすおこないが善《ぜん》であるという説《せつ》）』なんだぞ。さっさと小石をわたしなさい」

「どうしても？」

そうきいたものの、ティガーだってもう答えはわかっていました。

ティガーの小石をとりあげたウサギは、井戸《いど》の上に前あしをせいいっぱい高くあげ、みんなにシーッといってから、ぽとりとおとしました。それから数分間じーっと耳をすましていたように思いましたが、本当のことをいえば、ほんの数秒《すうびょう》だったので

しょう。とにかく、たしかにポチャンというかすかな音がきこえたのです。

「よかった。とにかく、すっごくよかったね」

クリストファー・ロビンがそういうと、プーもうなずきました。

「よかったね、ほんとに。けど、水があそこの下にあって、ぼくたちは上にいるってことは……」

「その答えは、バケツだよ。バケツをおろして、水を入れる。それから、みんなで引きあげるんだ」

クリストファー・ロビンの意見《いけん》に、みんな、さんせいしました。すると、プーがいいました。

「脳《のう》みそがあるって、なんてすてきなんだろう！」

「バカだな、プーったら！」

クリストファー・ロビンはそういって、バケツを井戸《いど》におろしました。くさりがほどけて、まきあげ機《き》がガラガラとまわっていくのを、みんなでじっと見まもりました。トタンやねに何百ものおなべをなげつけたような音です。ところが、とつぜんなにもかも、ぴたっととまってしまいました。バケツがとまり、まきあげ機《き》がとまり、音もとまったのです。

「これだから機械《きかい》っていうのは！」

イーオーが、ぶつくさいいました。

「新しい発明《はつめい》とかなんとかいいくさって！　みんながほめるほど、たいしたもんじゃないわい」

「なにかが、つっかえてるんだな。小石はとおったけど、バケツはだめってわけだよね……」

クリストファー・ロビンは、そこまでいってから、動物たちをぐるりと見まわしました。そして、せきばらいをひとつして、こうつづけたのです。

「ぼくたちに必要《ひつよう》なもの、それはいさましいボランティアだ。つまり、自分からすすんでバケツにのって井戸《いど》におり、つっかえてるものをとりのぞき、水をくんできてくれる、だれかだよ」

ガレオンくぼ地は、しーんとしずまりかえりました。きこえてくるのは、マツのこずえをわたる風と、遠くにいるミツバチの羽音《はおと》だけです。

「もちろん、そのだれかは、いさましいだけじゃなくって、小さくなきゃいけない」

また、しーんとしずまりかえりました。ほかの動物たちに目をやったコブタは、みんなが自分をじっと見ているのに気がつきました。

「ああ、どうしよう！」

コブタは、キイキイ声でいいました。

「どうしてみんな、ぼくのこと見てるの？」

でも、コブタはとっくに、どうしてか気がついていました。

「ああ、どうしよう！」

コブタは、くりかえしました。

「あああ、どうしよう！」

それでも、コブタはしかたなくバケツに入ると、ふちから顔だけのぞかせていいました。

「ぼくは、こんなとこ、あんまり入りたくないんだ」

イーオーが、まきあげ機《き》のハンドルをにぎりました。

「コブちゃんや、引きあげてもらいたいときは、大きな声で『あげろ』というんじゃよ。それで、もっとふかいところまで……」

「ふかいところだって？」
コブタは、キイキイ声でたずねます。
「さげてもらいたいときは、『さげろ』とだけいえばいい」

「ええっ！」

コブタは、またキイキイさけびました。

「ああ、どうしよう、どうしよう！」

「まきあげ機《き》をまわせ！」

クリストファー・ロビンが声をかけると、イーオーがハンドルをまわします。木がギシギシ、くさりがガラガラとなり、バケツがゆっくりと見えなくなっていきます。

バケツのふちから上を見あげていたコブタの目に、友だちの顔が小さく、小さくなっていきました。おそろしさのあまり、がまんできずにキイッとさけぶと、まわりからこだまになってかえってきます。くさりは左右《さゆう》にゆれ、あたりはどんどん暗くなってきました。コブタは、バケツのふちを力のかぎりにぎりしめました。

「くさりがちぎれたら、どうなるの？」

コブタは、そっと自分にきいてみました。

「それに、もしバケツがおちて、こなごなになったら？　もし、つっかえてるのがこわーいウーズルで、それもなんびきもいたら？　みんなが、ぼくがここにいるのをわすれて、うちにかえって、紅茶《こうちゃ》をのんだり、まるパンをトーストして食べたりしたら？」

まわりじゅうから「まるパンをトースト、まるパンをトースト」といううきみの悪いこだまが、ひそひそときこえてきます。元気になるために歌をつくってみようと思いましたが、とてもできるものではありません。

そのとき、とつぜんバケツがとまりました。

コブタの目にバケツのじゃまをしているものが見えました。ヒイラギの枝《えだ》が、井戸《いど》をふさいでいるのです。

コブタは、枝《えだ》をつかんで、思いっきりふりました。すると、すぐに枝《えだ》は下におちていき、バシャンという音がしました。バケツも枝《えだ》をおいかけて、すごいいきおいでおちていきます。もういちどバシャンという音がしたと思うと、コブタののったバケツは、暗く光る、たっぷ

りとした水にぷかぷかういていました。
さて、コブタは、これからなにをしなければいけないか、わかっていました。

一　まずコブタは、バケツをすこしかたむけて、二分の一のところまで水をくみました。
コブタは、四分の三ぬれてしまいました。それから、

二　バケツのふちに立って、くさりをしっかりにぎりました。そして、

三　小さい声をありったけはりあげて、どなりました。
「あげろ！　あげろ！　あげろ！　イーオー、あげろ！」

自分の声があたりにこだまするのがきこえました。
すこししてから、バケツがあがりはじめました。コブタは、おちないようにバランスをとりながらバケツのふちに立ち、くさりをしっかりにぎって、バケツといっしょにあがっていきました。

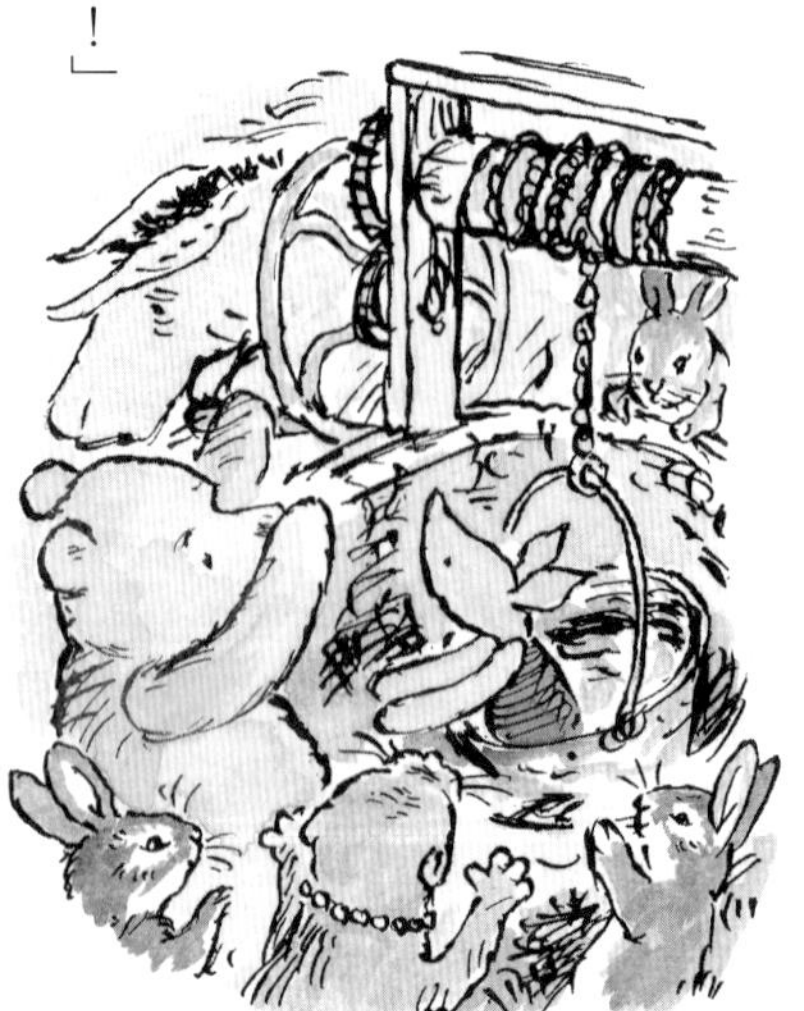

井戸《いど》の上に見える光の輪《わ》が、どんどん大きく、明るくなってきます。友だちがみんな、にこにこしながら見おろしています。すぐに、顔にお日さまの光があたり、なつかしいイーオーがまきあげ機《き》のハンドルをまわしているのが見えました。

そして、「わーい！」とか「ばんざあい！」という声がひびきわたりました。みんな、コブタにむかってさけんでいるのです。

コブタは、せいいっぱいむねをはって、みんなにいいました。

「たいしたことないさ」

けれども、心のなかでは、「たいしたことない」どころではなく、「とっても、たいしたこと」だと、わかっていました。

それから何日かかけて、ウサギの友だち親《しん》せき一同が井戸《いど》からイーオーのインキクサ原まで水路《すいろ》をほりました。井戸《いど》からは、たっぷり水をくみあげることができましたので、水路《すいろ》を流れた水は、イーオーのブリキのトランクのふちまでたまりました。

カワウソのロッティは、トランクに「フォーティチュードやしき」という名前をつけ、そこに住むことにしました。

そして森では、新しいあそびがはやり出しました。「水路《すいろ》くだり」というあそびです。雨というものはいつもそうですが、やがて時《とき》がくると、またふってきたんですよ。すると、すばしこい動物たちは、いそいで井戸《いど》のあるガレオンくぼ地に走っていきました。そこから水路《すいろ》にとびこんで、イーオーのいるインキクサ原まで一気にくだっていくのです。いちばんになるのは、いつもロッティでした。毛皮《けがわ》がいちばんつるっとしている上に、水路《すいろ》をくだるあいだじゅう、ちょっとひねりを入れたり、ターンしたりしていましたからね。

ゴールにみんなでおりかさなるようにつくと、ロッティはいつも「あらら！」といいました。それから、ハーモニカをとり出して、けっこうむずかしい曲《きょく》をふいてきかせました。それくらい、ロッティは楽しかったんですよ。

大冒険《だいぼうけん》から二、三日たったある日のこと。夜もおそくなったので、コブタはベッドに入ろうと思いました。そして、もうベッドに入ってたとしたら、どんなにかいいのにとか、まだベッドに入っていないなんて、うんざりだとか、みどり色のパジャマより黄色いほうがずっとすきとか思っていたとき、ドアをノックする音がしました。

プーです。

「かえりがこんなにおそくなってごめんね。けど、とっても時間がかかるのは、きみも知ってるよね」

「なにに時間がかかるの？」

「歌をつくるのに……だよ。あっ、歌が頭にうかんだなと思うだろ。それで、歌のほうも、ほんとにうかびたかったのに、とつぜん、あとにしようかな、とか、いやいやあとになってもやめとこうなんて思って、出てこないんだもの。ちょうどくしゃみみたいにね。それでね、コブタ。いつもとつぜん出てくるから、ちゃんと紙をよういしとかなきゃいけないんだよ」

「くしゃみのために？」

「いや、歌のためさ」

「ああ、プー！　歌ができたんだね。それって、すっごく長いの？」

「たいていのより長いけど、同じような長さのと同じくらいだよ」

そこで、コブタは、いちばんお気に入りの歌をきく場所にすわりました。ライラック色のひじかけいすにのせたふかふかのクッションに、すっぽりとうずまったのです。コブタは、自分でもちょっと顔がピンク色になったなと思いましたが、プーがせきばらいをして歌をはじめると、もうまっ赤《か》になりました。

あーあ、雨もふらなきゃ、雪もふらない
お日さまは、一日じゅう　かんかんでりだよ――ホイ！

そこでプーはうたうのをやめて、コブタにいいました。

「あのね。そろそろ『ホイ！』がきそうだなと思ったら、ぼくといっしょにいってもらいたいんだけど」

「わかった。『ホイ！』これでいいんだね？」

「そう、それでいいよ」

プーは、歌をつづけました。

あーあ、雨もふらなきゃ、雪もふらない
お日さまは、一日じゅう　かんかんでりだよ――ホイ！
空には　雲が　ひとつもない
川も　しまいに　からからに
動物たちは　川を見て
みんな　なみだを　流したよ――ホイ、ホイ、ホイ！

「ホイ！」コブタもいっしょにいって、
うれしそうに、にっこりわらいました。

あーあ、雨もふらなきゃ、雪もふらない
お日さまは、一日じゅう　かんかんでりだよ――ホイ！
そしたら、川から　出てきたのは　あれれ？

小さな　小さな　動物だよ。だあれ？
ロッティという名の　カワウソさ
もしも、ロッティが　いなければ
ホイ、ホイ、もひとつ　ホイ！

「ホイ！」
コブタもいいましたが、こんどは、ちょっぴり心配そうな声でした。

あーあ、雨もふらなきゃ、雪もふらない
お日さまは、一日じゅう　かんかんでりだよ、ホイ！
そしたら、イーオーが　思い出した
むかしむかし　古井戸《ふるいど》が　あったってね
けど、どこにあるのか　わからない
そこで　ロッティが　かぎつけた
水の　においをね

ホイ、ホイ、もひとつ　ホイ！

「ホイ」

コブタは、しずかにいいました。

あーあ、雨もふらなきゃ、雪もふらない
お日さまは、一日じゅう　かんかんでりだよ、ホイ！
けれども　森には　水がある
暑《あつ》い日には　うれしいね
さあさ、いっしょに　うたおうよ
ホイ、ホイ、もひとつ　ホイ！
ホイ、ホイ、ホホホホーイ……

「ホイ」

コブタは、いちばん小さな声でささやきました。

「どうかしたの、コブタ？」

プーが、心配そうにききました。

「ぼくの新しい歌、すきじゃないの？」

「ううん」

コブタは、答えました。

「けっこうすきだよ。ホイ、ホイ、ホイっていうところも、みんな。けど……、けど……」

「そっか。とにかく、きみがもう歌をきいてくれたから、ぼくはベッドに入らなきゃ。それとね、ぼくのこの歌をはじめてきいてくれたのがきみで、うれしいよ。あしたになったら、みんなにきかせてあげようね」

プーは、うれしそうにベッドにいきました。

けれども、プーがねむったずっとあとまで、コブタは目をあけていました。歌のことを考えたり、さっきの歌は、なんだかちょっとばかり……ちょっとばかり……と思ったりしていたのです。

「つまり、この森にカワウソがやってきたってことだけど」（コブタは、考えをまと

めようと、しかめっつらをしながら、ひとりごとをいいました）
「たしかに、たいしたことだよね。それから、みんなが水がほしいときに見つけたのも、とってもたいしたことだ。それから、世界じゅうのだれもきいていないうちに、ぼくがプーの歌をきいたってことも、あした、みんなにきかせてあげるってことも、やっぱりすごいことだよね。
だから、あの歌が、もうすこし……なんだか、あんまり……うん、そんなのべつになんでもないさ。きっとあしたになったら、ぼくの冒険《ぼうけん》のことも歌のなかに入ってるかもしれないし、プーがべつの歌に、そのことを入れてくれるかもしれないもの。そしたら、ぼくだってきっと、そんなに……そんなに……」
けれどもコブタは、そしたらそんなにどうなのか、はっきりわからないうちにねむってしまい、おとなしいウゾーと、親切なセソウラスの夢《ゆめ》を見ました。そして、とても小さないびきを二、三回かいたのですが、もちろんへやのなかにはだれもいなかったので、それを知っているのは、あなたとわたしだけなんですよ。

5 プーが、ハチミツをさがしにいくこと

ある朝、プーが「とくにーなんにもしない」を、かなり上手《じょうず》にやっていたときのことです。これからひとつ、友だちのクリストファー・ロビンのところにいって、なにかしているかどうか見てこようと思いました。もし、なんにもしてないなら、ふたりでなんにもしないでいることができます。友だちといっしょになんにもしないでいるときほど、楽しいことはありませんからね。

「もしかして、いそがしい？」

プーは、クリストファー・ロビンにききました。

「うん。ミツバチみたいにいそがしいよ」

クリストファー・ロビンは、答えました。

「けど、プー。これって、あんまりいそがしくないってことじゃないかな。だって、ミツバチって、いつもブンブンいってるだけだもの」

「だけど、ハチミツだって、つくってるよ。わすれないでね。で、ハチミツっていえば……」

「ああ、そうだった。そろそろ、十一時のお茶の時間だね」

プーがいすにこしかけると、クリストファー・ロビンはききました。

「ママレードつきのトースト、いる?」

「よろこんで、いただきます」

プーは、おもおもしくいいました。

「それから、もしよかったら……」

「悪いけど、ハチミツは切らしちゃってるんだ。けど、コンデンスミルクならあるよ」

こういうわけで、プーとクリストファー・ロビンは、トーストにママレードをつけて食べました。トーストは、細く切ってありました。クリストファー・ロビンはそれを、「兵隊《へいたい》さん」とよんでいます。

プーは食べながら、むずかしい質問《しつもん》をしてみました。

「ずっとハチミツのことを、考えてたんだ。それから、どうやってミツバチから、ハチミツをもらうかってことも。ミツバチは、ぼくたちがハチミツをとっても、へいきだと思う？」

「きっと、とってもらいたいんじゃないかな」

と、クリストファー・ロビンはいいます。

「でないと、自分のうちがせまくなっちゃうからね。ミルクをしぼらないと、ウシだってこまるだろ？」

するとプーがいい出しました。

「それじゃ、ミツバチに、ありがとうっていわなきゃいけないと思うんだけど」

「それって、すごくいい考えだね。すぐにいいにいこうよ。『思いたったら、すぐにやりなさい』っていうからね」

すると、プーは、ひたいにしわをよせました。

「すぐにやりなさいっていわれても、ミツバチにやるプレゼントを持ってないよね？ミツバチって、なにがすきなのかな？」

クリストファー・ロビンは、しばらく考えていましたが、やがて、もけい飛行機《ひこうき》を持っていくことにきめました。

「とぶものがすきだと思うんだ」

それから、ヨーヨーをふたつ持っているので、ひとつあげることにしました。それに、ブリキでできたおもちゃの農家《のうか》で、かべにバラの花までかいてあるのも。

「もし、ぼくがミツバチだったら、『ミ』がつくものがいちばんすきだと思うな」

と、プーがいいました。

「けど、『ミツバチ』しか思いつかないし、『ミツバチ』ならもう、どっさり持ってるし」

「じゃあ、プー。ミツバチの『バ』がつく、バターはどう？」

クリストファー・ロビンがいってくれました。そこで、飛行機《ひこうき》とヨーヨーとおもちゃの家のほかに、バターつきパンをクッキングペーパーにつつんで持っていくことにしました。

けれども、ミツバチが住んでいたオークの木のほらあなまでいったプーは、オークの木をながめ、つぎにクリストファー・ロビンの顔を見

て、それからまたオークの木をながめました。――そう、ミツバチがそこに住んでいたのはずっとむかし、プーやクリストファー・ロビンがいっしょにすごしたころよりもっともっと前のことでした。

「クリストファー・ロビン、いま、ぼくに見えてないものが、見える？」

「うん、見える。いや、見えないっていったほうがいいな」

オークの木のほらあなには、ミツバチが一ぴきもいなかったのです。クリストファー・ロビンとプーは、木のまわりを何回かぐるぐるまわり、ほらあなに出たり入ったりしてみました。ワラジムシがなんびきかいるだけです。

「ちょっと、プー。悲しいことじゃなくって、うれしいことを考えてみようよ」

と、クリストファー・ロビンがいいます。

「うれしいことなんてあるの？」

「もちろんさ、プー。バターつきパンを持ってきたのに、あげようと思ったミツバチがいない……」

「そしたら、だれかが食べなきゃいけない」

プーが、つぶやきました。

「たしかに、それはうれしいこともあるよね、ミツバチが一ぴきもいないとしたら……」

「ぼくもね、プー。そのことを考えてたんだ」

「ああ、どうしよう！」

「元気出しなよ」

クリストファー・ロビンはそういって、プーにバターつきパンをわたしました。

「みんなで、そうさく隊《たい》をつくろうよ、プー」

「ぼくは、ちょっと気分がよくないので」

プーは、クリストファー・ロビンにバターつきパンをかえしました。

「うちにかえって、ハチミツのつぼを数えようと思って……」

けれども、うちへかえったプーは、またもやおそろしいことに気づきました。戸だなにハチミツのつぼが三つしかないのです。そして、三つ数えるのに時間はかかりませんでした。おまけにようく見てみると、つぼのひとつはからっぽでした。プーにできることといったら、悲しい歌をつくることぐらいでした。それは、こういう歌でした。

コブタには　ドングリがあるよ
まーるくふとった　おいしいやつ
イーオーには　アザミがあるよ
みずみずしくて　みどり色の
ウサギには　ニンジンがあるよ
(外へいって、見つけたんだ)
ほんとに　よかったね　ウサギくん

プーは　あちこち　さがしたよ
寝室《しんしつ》も　台所も
庭《にわ》の　ものおきの　すみっこまで
けど、ハチミツは　どこにもない
スプーン一ぱいも、ほんのひとたらしだって
プーは　いった
「ああ　ベッドで　ねてれば　よかったな
頭から　もうふを　かぶって」

だからね、コブタ
きみは　どっさり食べておくれ
まーるくふとった　ドングリを
イーオーは
みずみずしい　みどり色の　アザミを

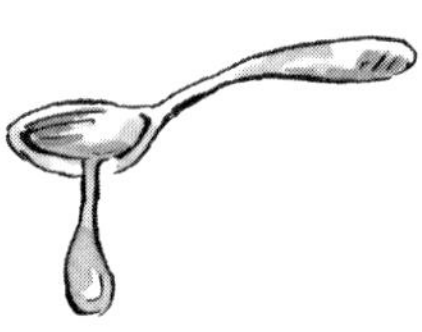
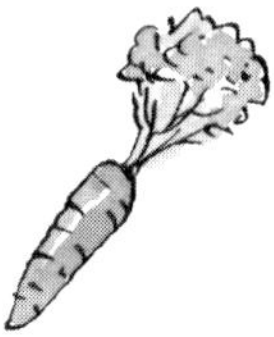

ウサギは
畑《はたけ》の　ニンジンを
そのあいだ　悲しきプーは
どんどん　やせて　細くなってく

だって　ハチミツが　ないんだもの
つぼにも　戸だなにも
暗い　ものおきのなかまで
なんども　さがしたっていうのに
ないんだよ、ハチミツが
おもしろがってる　場合じゃないよ
プーは　いった
「ああ　ベッドで　ねてれば　よかったな
ハチミツの　夢《ゆめ》を　見ながら」

けれども、この歌のせいで、プーはよけいに悲しくなってしまいました。プーは、ハチミツのない世界を、思いうかべてみました。戸だながからっぽだとわかっているのに、朝、ベッドから出ることなんてできるでしょうか？　だいたい、朝になってもなんにもかわってないのを知りながら、ねむることなんてできるでしょうか！

それから、プーは自分を元気にさせることを、たったひとつ思いつきました。前あしを最後《さいご》から二番目のつぼに入れ、ゆっくりと自分のほうに引きよせたのです。

＊＊＊

いっぽうクリストファー・ロビンは、森に出かけて、だれかミツバチを見かけなかったか、きいてまわることにしました。まず、イーオーが住んでいるインキクサ原からはじめました。

「クリストファー・ロビン、まいごになったんですかの？」

「ちがうよ、イーオー。きみに会いにきたんだ」

「それは、なんともご親切なことで。もちろん、ほかのお客

もちょくちょくやってくるが。一週間前の木曜日にも、ハリネズミがやってきたんじゃ。けど、ハリネズミってのは、ちょっとした話もできないやつらでね。けど、なにごとにもいっしょけんめいやらにゃいかんから。で、わっしもやつらにきいてみたんじゃ。『ハリのぐあいは、いかがかな？』とね。やつらのへんじは、『まあまあだね』。そこで話はおしまい……」

「ききたいことがあってきたんだけど、イーオー。ひょっとして、ミツバチを見かけなかったかい？　どこかにいなくなっちゃったんだ」

「ほおお、ミツバチが、いないとな？　さあて、このあたりには、こんかったが。さだめし、群《む》れをつくっておるんじゃな。ミツバチというのは、そもそも群《む》れたがるものじゃからのう。森のむこうがわの草は、いつも青いというが、何年か前に、わっしもひとつ群《む》れてみようと思ったことがあってな。けど、こればかりは、ひとりぼっちじゃできないことで……」

「そっか、イーオー。どうもありがとう。とってもたすかったよ」

「それは、本当ですかな？」

イーオーは、かえっていくクリストファー・ロビンのせなかにいいました。

「ただ、そういってるだけなのでは？　もし、お役に立てたら、それはうれしいんじゃが。もしそうでなかったら、おれいにはおよびませんぞ。まあ、一年か二年たったら、またおいでくだされ」

「あのね、フクロウ」

それからちょっとして、クリストファー・ロビンは、フクロウにきいてみました。

「ぼくたち、ミツバチをさがしてるんだよ」

「オークの木のほらあなにおるのでは」

「ぼくたちも、そう思ってたんだ

けど、いないんだ。で、イーオーは、どこかほかのところで、群《む》れてるんじゃないかっていうんだよ。フクロウ、森の上をとびまわって、もしミツバチを見つけたら、ホーホーないて、こっちへこいと知らせてくれないかな？」

「しょうちしました」

とだけ、フクロウはいいました。本当は、もっとなにかいいたかったのですが、クリストファー・ロビンにぜんぶいわれてしまったので、しかたがなかったのです。

フクロウは、じゅんび体操《たいそう》としてつばさを二、三度《ど》パタパタやってから、とびたちました。最初《さいしょ》は、東のお日さまのほうへとんでいって、目をぱちくりさせました。つぎに南へとんでいくと、丘《おか》のチョークのような白い土の上に自分のかげぼうしがおちているのが見えました。

それから、西へとび（もちろんミツバチはいません）、最初《さいしょ》にとびたった北にもどりました。どこへいっても、木々《きぎ》や、草におおわれた丘《おか》があり、小さな虫もたくさんいました。けれども、どれもミツバチではありません。

フクロウは、もうあきらめてうちにもどり、マグカップ一ぱいのココアと、全粒《ぜんりゅう》粉《ふん》のビスケットでお茶にしようかなと思いました。そのとき、イバラのしげみのなか

に、ひとかたまりのワラビが見えました。それとも、かれ葉が風にふかれてしげみに集まり、それ以上《いじょう》先へいけなくなっているのでしょうか?

フクロウは、考えこみました。

「いや、もしかして」それから、「そうかも!」そして、「そうにきまってるぞ!」

フクロウが、いちばん大きな「ホー!」でなくと、それをきいたクリストファー・ロビンが自転車《じてんしゃ》にとびのり、チリンとベルをならしました。

プーは、自転車《じてんしゃ》のかごにおちないように注意してのりました。そして、フクロウがないている方向をクリストファー・ロビンに教えました。

やがて、フクロウが、おだやかな風にのって、空をまっているのが見えました。たしかに、フクロウの下には、ワラビのかたまりのような、たまったかれ葉のようなものがありますが、よく見るとそのどちらでもありません。プーは、目をまんまるくして、大声でいいました。

「ミツバチだ! 何千びきもいるよ!」

「うわあ、プー!」

クリストファー・ロビンも、かたあしをついて自転車《じてんしゃ》をとめ、目をまるくしました。

「すっごいなあ！」

「ミツバチに、うちにかえるようにたのんでもいい？」と、プーがクリストファー・ロビンにききました。

「やってみなよ、プー」

「ミツバチくーん！」

ミツバチのブンブンいう音が、すこし大きくなったようです。

「ねえねえ、ミツバチくんったら！」

ブンブンいう音は、大きくなったばかりではなく、おこっているようにもきこえました。そして、一ぴきがプーの鼻《はな》にとまりました。

「たのんでみても、だめみたいだね、プー。なにか、ほかの方法《ほうほう》を考えなきゃ」

クリストファー・ロビンが、いいます。

「けど、ハチミツのことしか、考えられないから」

プーは、悲しそうにいいました。

「なのに、ハチミツはひとつもないし……」

プーは、鼻先《はな》にとまったミツバチをフーッとふきとばしました。

ふたりは、ミツバチの群《む》れからちょっとはなれて、どうしたらいいか考えることにしました。

「たぶん、ミツバチはぼくたちの声がきらいなんじゃないかな」

クリストファー・ロビンがいい出しました。

「けど、どうしても、うなりっぽくなっちゃって。クマだからね」

「なにか、音楽をきかせたらどう」

クリストファー・ロビンがいいます。

「ほら、『おかえりなさいワルツ』とかさ？　レコードと蓄音機《ちくおんき》をとってくるよ」

クリストファー・ロビンは、うちからラッパのようなスピーカーのついた蓄音機《ちくおんき》と、レコードを持ってきました。けれど、ミツバチは『おかえりなさいワルツ』のレコードをきかせても、知らん顔です。それから、クリストファー・ロビンが、イギリス国歌の『王さま、ばんざい』をかけると、ますますブンブンおこり出しました。

「『女王さま、ばんざい』でなきゃ、だめなのかも」

プーがいってみましたが、レコードがありません。

そのあとで『あなたは、スイカズラの花、わたしは、花にとまるミツバチ』の曲《きょく》をかけたところ、ミツバチはものすごいいきおいでブンブンおこり出したので、プーがあわててレコードにおろしていた針《はり》をあげました。そのせいで、レコードに大きなきずがついてしまいました。

「やんなっちゃう！」

と、プーはいいました。

「ミツバチは、話しかけられるのがきらいで、音楽もきらいで、ブンブンおこってばかりなんだもの。いったいどうすればいいんだろう？」

「いそいで緊急会議《きんきゅうかいぎ》をひらかなきゃ」

クリストファー・ロビンが、いい出しました。

「ぼくが、みんなをよんでくるよ」

クリストファー・ロビンが自転車《じてんしゃ》で走っていったあと、プーはうちにかえって、ハチミツの戸だなの緊急調査《きんきゅうちょうさ》をしました。がっかりしたことに、戸だなには、ハチミ

ツのつぼがふたつしかなく、おまけにひとつは、ほとんどからっぽです。プーは、テーブルの上につぼをふたつおいて、あっちから数えたり、こっちから数えたりしました。けれども、どっちから数えたって、たったふたつのつぼ（なかみは、ひとつと四分の一）しかないのでは、楽しくもなんともありません。しかたなく、プーはひとつのつぼに前あしを入れてから出し、なめてみました。そして、いままでこんなにおいしいものをなめたことはないと思ったのでした。

緊急会議《きんきゅうかいぎ》は、つぎの朝、森のなかのあき地でひらかれました。プーは、ミツバチがオークの木からいなくなったと、みんなに話しました。すると、こんどはフクロウが、ミツバチがけっきょくどこにいたか、説明《せつめい》しました。

それからクリストファー・ロビンが、ミツバチをさそい出して、もとのすみかにもどさなきゃいけないといいました。とたんに、しーんとしずまりかえりました。きこえるのは、チョンチョンという音だけです。ロッティが、みんなの輪《わ》の外がわでデージーの花かざりをつくっていて、小さな、とがった歯《は》で、デージーのくきをチョンチョンとかみ切っているのです。

みんなが自分を見ているのに気がついて、ロッティはいいました。

「ミツバチというのはね、お花がすきなの。それに、ミツバチはなんでも女王さまのいうとおりにするんですのよ。ですから、女王さまをみかたにしなきゃいけないわ。どのミツバチが女王さまかは、すぐにわかります。フンフンと、鼻歌《はなうた》をうたっているような音を立てていますからね」

「ロッティ、きみってネズミは、ほんとにすごいね！」

クリストファー・ロビンは、感心しました。

「それで、なにかいい計画はある？」

「その前に、おことばですが、あたくしたちカワウソは、ネズミじゃなくてテンのなかまなんですのよ。けれども、あたくしがすごいのは、本当です。それに、計画だって、ちゃんと考えてますわ」

ロッティは、ミツバチたちが花だけでなく、きらきら光るものもすきだということを、みんなに教えました。ですから、色とりどりのかざりで、さそい出したらどうかというのです。そこで、みんなして、家や森のなかから、オークのほらあなをかざるものをさがすことにしました。

さあ、みんながせっせとはたらいたことといったら！　灰色《はいいろ》ロバのイーオーは、コ

ブタをせなかにのせ、しっかりとたてがみにつかまらせてから、森のずっとはしまでかけていき、ブルーベルの花とクローバーをどっさり持ってかえってきました。

ウサギは短い時間で、できるかぎりの友だち親《しん》せき一同を集め、とにかく、なんでもいいから光るものを持ってくるようにといいつけました。そして、自分は、とくべつのときのために、いつもぴかぴかにみがいているスプーンやフォークを持ってきました。

カンガは、かざりつける役を引きうけ、ほらあなのまわりにスプーンやフォークをぶらさげました。ロッティは、ダイヤモンドのティアラを引きずってきました。

「もちろん、ほんもののダイヤじゃなくってよ」

ロッティは、きいている動物たちに説明《せつめい》しました（きいていない動物たちにもですよ）。

「でも、とても上等なおたくからいただいたんですの」

ルーとティガーは、ビー玉のはこを見つけ、あみのふくろに入れて持ってきました。木の枝《えだ》にさげると、ビー玉は見知らぬ外国のくだもののように見えました。クリストファー・ロビンは、もけい飛行機《ひこうき》を、手のとどくかぎり

高いところにつるしました。

　お日さまが六本松《ろっぽんまつ》のうしろにしずむころ、かざりつけはやっと終わりました。みんなちょっとはなれたところから、オークの木をながめました。こんなにすてきな木は、百エーカー森でも、ほかのどこかでも見たことがありません。手のとどくかぎりの枝《えだ》に、花のくさりがかざられ、どの小枝《こえだ》からもきらきら、ちかちか光るものがぶらさがって、そよ風にゆれたり、まわったりしながら、夕やけ空をうつしているのです。

コブタが、ため息《いき》をついていいました。

「すごーくきれいだね」

「うん」

プーも、うなずきました。

「けど、ミツバチたちも、きれいだと思ってくれるかな？」

そう、とにかくあしたの朝をまつよりほかないのです。

＊＊＊

そのばん、プーは夢《ゆめ》を見ました。プーは、おりに入れられていて、おりの外にハチミツの木があるのです。ハチミツの木には、たくさんつぼみがついていて、どのつぼみからも、おいしそうな、とろりとしたハチミツがたれています。なんとすてきなんでしょう！　けれども、プーがおりから前あしをのばしてとろうとするたびに、イバラのしげみに前あしがからまってしまうのです。

そのとき、ふいにプーは目をさましました。まどからまっすぐに東の空が見えました。空はもう明るくなって、レモン色とピンク色にそまっています。

ミツバチたちは、オークの木にもどってくるでしょうか？　ハチミツは、あるでしょうか？

おなかが、悲しげにグウグウなり出しましたが、プーは気がつかないふりをして、ベッドから出ました。

夜明けの森はとてもさむかったので、プーのはく息《いき》が空にのぼる合図のけむりのように見えました。じっと耳をすますと、オークの木にぶらさげたものが、チリチリ、カラカラとなるのがきこえます。プーは角をまがって、オークの木の前に立ちました。

けれども、ミツバチはどこにもいません。

「ああ……やんなっちゃうな」

けれども、それだけでは、とてもプーの気持ちをいいあ

らわせません。

「もう……やんなっちゃうくらい、やんなっちゃうな！」

プーは、いいなおしました。

ここでたぶん、歌をこしらえなきゃいけないのではと、プーは思いました。けれども、ミツバチがプーの歌をぜんぶどこかへ持っていってしまったようでした。もう、世界じゅうどこをさがしても、歌はありません。それに、ハチミツも、ちょっとつまむ「なにか」も。あるのはただ、ぺこぺこの「おなか」だけ。「なにか」と「おなか」で、ちょうしのいい歌がつくれそうな気もしましたが、つくる元気は出てきません。

「おねがいです。かえってきて、ハチミツをつくってください」

もしきいていているミツバチがいたらと思って、プーはそういってみました。けれども、もちろんそんなミツバチは、オークの木のまわりにはいません。

プーは地面にすわって、からっぽの、きらきら光るオークの木を見つめました。お日さまが空高くのぼって、動物たちがロッティの計画がうまくいったかどうかたしかめにきたときも、プーはまだすわって、見つめていました。

計画がうまくいかなかったのがわかると、みんな、木からかざりをはずしました。もけい飛行機《ひこうき》も、ビー玉も、きらきら光る玉も、スプーンやフォークも、きらきら美しく光っているけれど、本当はガラス玉のティアラも。

すっかりかざりをはずし終わると、クリストファー・ロビンがプーにいいました。

「心配しないで、プー。ぼくたちで、いい方法《ほうほう》を考えるからさ」

そして、クリストファー・ロビンは、みんなをつれてどこかへいきました。

プーは、みんなといっしょにいかずに、じっと立ったまま、こうおねがいしました。

どうか、ぼくがちっちゃな脳《のう》みそのクマではなく、自分でいい方法《ほうほう》を考えられますように……。

それからプーは、きのうのイバラのしげみにいってみることにしました。ミツバチの群《む》れがまだいるかどうかたしかめてみようと思ったのです。

いました、いました。そのとき、プーの頭にあることがひらめきました。ミツバチの群《む》れの近くの枝《えだ》に立って、じっと耳をすましたら、ロッティのいっていた

女王さまのフンフンという鼻歌《はなうた》のような羽音《はおと》がきこえるかもしれないと思ったのです。そして、「ハチミツなしのクマ」が、頭をさげて、とてもていねいにおねがいしたら、女王さまは、かわいそうに思ってくれるかもしれません。

けれども、プーの耳にきこえるのは、葉がカサコソとなる音だけでした。もうすこし耳を近よせたら、そしたら……。

バリバリバリッと音がして、プーの立っている枝《えだ》がおれました。プーは頭からミツバチの群《む》れのまんなかに、そしてイバラのしげみのまんなかにおちていました。

すると、はじめてプーの耳に、フンフンと鼻歌《はなうた》をうたっているような音がきこえました。これは女王さまにちがいないと、プーは思いました。でも、とたんに、鼻《はな》の頭がチクンといたみます。ミツバチにさされたのかもしれないし、イバラのとげかもしれません。でも、どっちだって、知ったこっちゃありません。つぎのチクンさえこなければ、いいのですから。

プーはさっとおきあがると、思いっきりスピードを出して、走りました。ミツバチの群《む》れが、同じスピードでおいかけてきます。ミツバチの群《む》れからにげながら、プーはなんにも考えていませんでした。頭のなかにあったのは、にげているプーを、おこったミツバチの群《む》れがおいかけてくるということだけ。そのおかげで、プーはいいことを思いつきました。それは、いつも思いつくような、あたりまえの考えではないどころか、プーがいままで考えたなかでも最高《さいこう》のものでした。プーは、自分の家にも、クリストファー・ロビンの家にも、そのほかのどこにもにげていかず、まっすぐにオークの木のほらあなめがけて走ったのです。

ほらあなにつくと、プーはなかに入るふりをしました。いままでいちばんブンブンおこっているミツバチも、つづいてなかに入りました。

けれども、クマのプーは、ほらあなにはいません。こっそり木のうしろからにげ出して、百メートルほどはなれた小山にすわ

り、ミツバチもプーにつづいてほらあなから出てくるかどうか見ていたのです。

プーはじっとながめ、またながめましたが、いくらながめていても、ほらあなに流れるように入っていったミツバチは、一ぴきもとび出してきませんでした。プーは、ミツバチがほらあなにぶじにもどったのを見てほっとむねをなでおろしました。そして、ぱんぱんにはれあがって、いたむ鼻《はな》のことも、朝ごはんも食べず、マフラーもしないできたので、ひえきっていることもわすれ、あたたかくて、気持ちのいいベッドのことばかり思っていました。もっとうれしいことに、たったひとつのこっているハチミツのつぼのことも思い出しました。おまけに、そのつぼは、まだふたをあけてもいないのです。

でも、すぐにふたがあくはずですけどね。

6 フクロウが作家になり、そのあと作家をやめること

ずいぶん風の強い朝でした。空の雲は、地平線《ちへいせん》にごほうびがまっているぞというように、せかせかと走っていき、木々《きぎ》の枝《えだ》は、大はしゃぎで、あっちにこっちにとゆれていました。なにもかも「せわしなく動いている」朝でした。

フクロウの家の外では、ティガーとルーがあそんでいました（本当はコブタの家なのですが、フクロウの家が風にとばされてしまったので――いや、このことは、前のお話に出てきましたよね）。ふたりがしていたのは、新しいゲームです。「おち葉ゲーム」という名前で、ティガーもルーも、自分が思いついたのだといいはっていました。かれ葉をほうりなげ、おちてきたときに、

さっとにげるのです。もし、葉っぱが自分の上におちたら負《ま》け。うでをかすっただけでも、ばつゲームをやらなければなりません。ばつゲームのあるあそびって、どうしてもはしゃいでしまうものですよね。

ティガーは、おちてきた葉っぱがひげにあたったので、ばつゲームをしているところでした。さかだちをして、『きらきら星』をさかさまにうたっていたのです。

そのとき、フクロウの家の上のほうにあるまどがさっとあきました。

フクロウは、ひゅうっとまいおりてくるなり、おこった声で「ホー！」となきました。それから、ティガーのしっぽをぎゅっと引っぱって地面にたおし、ルーの両方《りょうほう》の耳をひどくぶったのです。

「すっごく強くぶったんだからね」

フクロウが家にまいもどってから、ルーはティガーにうったえました。

「おいらが、フクロウのしっぽを引っぱったら、かんかんになるくせに」

ティガーも、そういいました。

「フクロウは、どうしたんだろうね、ルー？　いつもよりずっときげんが悪いみたい」

「そんなの知らないよ。それより、六本松《ろっぽんまつ》まで、かけっこしようよ!」

＊＊＊

じつは、フクロウは、とてもいそがしかったのです。

フクロウの家のドアをたたいて、すこしまっていると、運がよければ、フクロウが顔を出しますが、たいていは、出てきません。

運よくフクロウが出てきたので、「このごろ、どうしてるんですか?」とかきくと、フクロウはなぞめいた顔をして「おまえの知ったことか」とか「おまえには、わからん」とか、「悪いけど、きょうは会いたくないんでね」とかいうのです。

動物たちとクリストファー・ロビンは、フクロウはいったいどうしたのかと、話しあいました。ウサギがいうには、きっととても大きなことをしているんだとか。

「それじゃ、たぶん大そうじだわ」

と、カンガはいいます。

「もしかして、シソーラスにやられたんじゃないよね?」

コブタが、びくびくしながらききました。

「じゃ、しらべにいこうよ」

と、クリストファー・ロビンはいいます。

そこで、みんなでフクロウの家にいき、クリストファー・ロビンがベルひもがわりのハンカチを引っぱりました。八回目に引っぱったとき、ハンカチがとれてしまったので、クリストファー・ロビンは、あしでドアをドンドンたたきました。

「フクロウ！」

クリストファー・ロビンは、ドアのむこうに声をかけました。

「みんなで、ピクニックにいくんだよ。きみもこない？」

「いかん！」

なかから、おこった声がきこえます。

「川でボートにのって、白鳥に『こんちは』っていってくるのはどう？」

「白鳥は、すかんのでな。うるさくて、下品で」

しかたなく、クリストファー・ロビンは、大声でこういいました。

「フクロウ、ドアをあけてよ。プレゼントを持ってきたんだ」（これは、本当ではなかったのですが、ドアをあけたがらないあいてにあけさせるには、いい方法なんですよ）。

すると、フクロウは答えました。

「きょうみがないのでな。わたしは、いそがしいんだ」

フクロウのなぞをといたのは、コブタでした。家のうらにごそごそとまわって、まどのカーテンのすきまから、なかをのぞいたのです。フクロウはつくえにむかって、はねペンのしっぽをかんでいました。

「なにかかいてるみたい」

と、コブタはいいました。

「けど、ほんとのことというと、かいてるところを見たわけじゃないんだ」

「とにかく家から出さなきゃ」

ウサギが、いい出しました。

「あんなふうにとじこもってるのは、健康《けんこう》によくないからね。けむりでいぶして、外に出そうか」

「でなきゃ、おなかをぺこぺこにさせたらいいよ」

と、コブタはいいましたが、すぐに、こうつけくわえました。

「ほんのちょっぴり……ってことだけどね」

「大きな木馬をとどけたらいいかも」

クリストファー・ロビンは、そういいます。

「で、だれかを木馬のなかにかくしてさ……いや、それじゃだめだな」

「わかった。家の下まで、あなをほればいいんだ」

と、ウサギがいい出しました。

「それで、家のなかに入ればいいさ」

というわけで、ウサギは友だち親《しん》せき一同にてつだってもらって、フクロウの家の下まであなをほりました。それから、家のゆかにロッティがとおりぬけられるくらいのあなをあけました。

フクロウが食料おき場にいくのをまって、ロッティはあなをとおりぬけ、つくえの

おいてあるへやのしきものの下から、家のなかに入りました。

とくにかわったところはありません。つくえの上に紙がどっさりつんであるだけです。ロッティは、いちばん上の紙をくわえて、あなをとおってもどると、みんなに見せました。

「なにかかいてあるぞ」

みんながそれに気がつかなかったときのために、ウサギがいいました。

クリストファー・ロビンが見ると、こうかいてありました。

「ロバトおぢさんの
ものたがり　フウクロさく」

「ねえ、見せて、見せてよ！」

コブタが、たのみました。コブタは、なかまはずれにされるのが、大きらいでしたからね。なかまはずれにされたほうがよかったのは、バケツにのって、井戸《いど》におろされたときだけです。

「フクロウがかいてるのは、ロバートおじさんの物語《ものがたり》だよ」

と、クリストファー・ロビンが、みんなに説明《せつめい》しました。

「だからって、おいらのしっぽを引っぱらなくてもいいのに」

と、ティガーがいうと、ルーも

つづけていいました。

「ぼくの耳をぶたなくてもいいのに。すっごくいやだったよ」

＊＊＊

つぎの日、クリストファー・ロビンはフクロウに会いにいきました。フクロウは、のびすぎて、まどをふさいでいる枝《えだ》を切っているところでした。

「やあ、フクロウ」

クリストファー・ロビンは、声をかけました。

「きみ、本をかいてるんだってね」

「おお、ごぞんじでしたか。あれは、研究論文《けんきゅうろんぶん》でしてな」

「それって、なんのことか、よくわかんないけど」

「わたしの、亡《な》きおじロバートについてのものですよ。かれは南アフリカのプレトリアに住んでおりましてな」

「ナキオジって、その人、いっつもないてたわけ？　晩《ばん》ごはんのときも？」

「まあ、出版《しゅっぱん》されたら、ごらんになるといい」

フクロウは、じまんげにいいました。

「では、これでしつれいしますぞ……」

そういって、フクロウは家に入ってしまいました。

つぎの日、クリストファー・ロビンとプーは、クリストファー・ロビンの家で十一時のお茶の時間をすごしていました。クリストファー・ロビンはレーズンをはさんだビスケットを食べ、プーはコンデンスミルクをなめています。

ふたりはちょうど、ラッパのようなスピーカーのついた蓄音機《ちくおんき》にレコードをかけて、音楽をききはじめていたところでした。

プーは、ふしぎでたまりませんでした。音楽家たちは、蓄音《ちくおん》機《き》のどこにかくれているのでしょう？　その人たちは、どうしてレコードに針《はり》をおいたのがわかって、音楽をはじめることができるのでしょう？

そのとき、ウサギが、大さわぎでやってきました。

「ちょっと、ちょっと。フクロウを、どうにかしなくっちゃ」

「そうなの？」

クリストファー・ロビンはききかえしてから、ウサギにすすめました。

「それより、ビスケットはどう？」

「ビスケットを食べてる時間はないんですよ。フクロウは、いつものフクロウじゃなくなっちゃったんだから」

「ビスケットを食べるのに、時間はかからないよ」

プーは、ウサギに教えてやりました。

「ベッドにくずをこぼしたときは、時間がかかるけどね」

「フクロウは、いまにきっとよくなるさ」

クリストファー・ロビンはウサギをそんなふうになぐさめてから、べつのレコードをかけました。

「いや、いや、だめなんですったら」

ウサギは、じれったそうにいいました。

でも、そのとき、ウサギの頭にいい考えがひらめきました。それは、プーさんの森の動物たちがいままで思いついたなかでも、最高《さいこう》の考えにちがいありません。

「ねえ、クリストファー・ロビン、ぼくにその蓄音機《ちくおんき》をかしてくれませんか？」

「もちろんだよ、ウサギ」

「ありがとう」

ウサギは、クリストファー・ロビンにおれいをいってから、きびしい顔で、プーをじっと見ました。

「お昼ごはんがすんだら、みんな、うちの前に集まってくれ。そこで、ぼくの計画を話すからね」

＊＊＊

その夜、フクロウは「だい一しゃう　ロバトおぢさんわ　いつ　いづこにて　うまれたか」をかこうと、つくえの前にすわりました。フクロウは、この章をなんどもかきはじめていたのですが、最初《さいしょ》の「ロバトおぢさんが　たんじょしたのわ」という文のつづきをかこうとしたとき、そろそろきゅうけいしてもいいころだと思いました。そして、炭酸《たんさん》入りのレモネードをのもうと、立ちあがって、つばさをのばしました。

ところが、居間《いま》のまどのところにいくと、外にプラカードが見えるではありませんか。そのプラカードには字がかいてあって、こんなことをいっているのです。

わしの　はなしお　かいてわ　いかんぞ。
ロバアトおじ

「なにを、バカげたことを！」

フクロウはつぶやいてから、大声でどなりました。

「そこのおまえ！　だれだか、もうわかっておるぞ。出ていって、耳をなぐってやるからな」

けれども、フクロウは家から出もしなければ、だれの耳もなぐりませんでした。そして、なにか考えているようなようすで、レモネードをとりにいったのです。フクロウがつくえをはなれているあいだに、ほっそり、すべすべしたものがしきものの下から出てきました。ちょっとして、フクロウがもどってくる前

に、その生きものは、ほっそり、すべすべとしきものの下にもどっていきました。

フクロウは、つばさを二、三度《ど》はばたいてから、さあかくぞと、いすにふかぶかとすわりました。ところが、いちばん上の紙を見ると、大きな字でこうかいてあるではありませんか。

わしわ　ほんきなんぢゃ！

「まったくもう。なんてしつこいんだ！」

フクロウは、はねペンのしっぽをくわえて、チュウチュウとすいました。それから、つづきをかこうとしたときです。いままできいたこともないような、きみの悪い声が、えんとつからボワーンとひびいてきたではありませんか。ゆうれいかおばけの声のようです。

「おーい、フクロウ」

と、その声はいいました。

「わしのおいのフクロウ。わしは、おまえにその本をかいてほしくないんじゃ」

「おまえは、だれだ？　いったいどこにいる？」

フクロウは、びくびくしながらききました。

「おまえの、亡《な》きロバートおじさんじゃ。おはかのむこうから、話しておる」

「そんなの、しんじるもんか」

と、フクロウはいいましたが、その声はちょっとばかりふるえていました。

「しんじたほうがいい。さもないと、あとでくやむぞ」

きみの悪い声がそういったとたん、かみなりのような、ものすごい音がしました。どちらかといえば、波形《なみがた》の鉄板《てっぱん》をガラガラゆすっているようにもきこえましたが。

「もしおまえが、ほんとにロバートおじさんなら……」

こういってから、フクロウは何回かせきばらいしなければなりませんでした。

「ほんとにそうなら、しょうこを見せるがいい。毎晩《まいばん》、ベッドに入る前に、おじさんがなにをしていたか、いってみろ」

これをきいて、きみの悪い声は、けっこう長いことだまってしまいましたが、やがてこういいました（なんだか、おずおずとした、自信《じしん》のなさそうな声でしたけどね）。

「わしはいつも、おいのりをしておったぞよ」

「いいや、ちがうぞ。ロバートおじさんは、ウイスキーをのんでたんだ」

「ウイスキーをのんで、そのあとでおいのりをしたということだよ」

きみの悪い声は、そういいました。

これをきいて、フクロウはすこし考えました。

けれども、フクロウがいい答えを思いつく前に、きみの悪い声は、なんだかウサギっぽい声でこうつけくわえました。

「もし、その本をかきつづけてみろ。いまにきっと、かかなければよかったと思うようになるぞ」

「へん、バカバカしい！」

フクロウは、とてもらんぼうにこういいはなつと、つくえにむかいました。

ところが、ちょうどそのとき、えんとつから、ものすごく大きな音楽がなりひびきました。イギリス国歌です。フクロウは、気をつけのしせいをして、国歌のえんそうが終わるのをまちました。それからというもの、またまたイギリス国歌がはじまるわ、さっきのかみなりのような音がひびくわ……もうたいへんなさわぎ。そのうえ、まどからは「やめろ！」というプラカードを持った前あしが見え、えんとつからは「気をつけろ！　気をつけろ！」という声がし、しきものの下からは、白いぬのをかぶってゆうれいにばけた小さな動物が、「ひゅう！ひゅうひゅう！」と走りまわります。

もうたくさんだと思ったフクロウは、二階《かい》のまどからとび出て、べつの木の枝《えだ》にとまりました。

フクロウが、そのまま、かなり長いこと暗やみのなかでじっとしているうちに、やっとあたりはしずまりかえりました。

すると、小枝《こえだ》のおれる、大きな音がしました。

「やんなっちゃう」

だれかの声がします。

「もしそこにいるなら、とっとといっちまえ！」

フクロウは、どなりました。

「もしいなくても、とっとといっちまうんだ！」

またもや、あたりはしーんとしました。

そのうちにフクロウは、木にとまって、暗やみにむかってどなっているなんてバカバカしいと思い、家のなかにもどりました。けれどもおかしなことに、やっとベッドに入ったものの（おいのりをしてからですよ。ふだんはしないんですけどね）、フクロウはずっと目をあいて、なにやら考えこんでいたのです。

フクロウの頭のなかは、いろんなもので、ごったがえしていました。たくさんのプラカードやら、イギリス国歌やら、白いぬのをかぶったものやら、かみなりのような音やら、それにくわえて、自分のふるまいが、バカみたいではなかったかということも。そして、まんいちのときのために、本をかくのをやめたほうがいいのでは……と考え、そう考えれば考えるほど、いや、ぜったいやめるもんかと思ってしまうのです。なぜなら、やめることは「こうさんした」ということなのですから。

「やめるもんか！」

とびきり大きな声でやみのなかにどなると、フクロウはねむってしまいました。

そのあいだ、森のべつの場所では、ほかの動物たちが「おやすみなさい」といいあっていました。

ティガーは、波形《なみがた》の鉄板《てっぱん》をカンガのものおきのやねにもどしました。ウサギの友だち親《しん》せき一同は、白いぬのをおりたたんで、ウサギにかえしました。

動物たちはみんな、自分たちのやったことが、はたして正しかったのかどうか心配になっていました。それに、クリストファー・ロビンがこれをきいたら、よろこぶでしょうか？ だいたい、フクロウが本をかこうがどうしようが、それがたいへんな問《もん》題《だい》なのでしょうか？

コブタが、いい出しました。

「ぼくは、フクロウがかけることをかくのは、なかなかかしこいことだと思うな」

「けど、ぼくの耳をぶったりしちゃいけなかったよ」

ルーは、そういいはります。

「おいらのしっぽを引っぱるのもね」

ティガーも、いいます。

「けど、いまはフクロウも悪かったと思ってるよ」

と、コブタがいうと、プーもうなずきました。

「もう、ぜったいにそんなことしないさ」

「そうだよね」

ウサギもいいます。

「そうそう、ぜったいしないよ」

＊＊＊

そして、フクロウのほうは、その夜こわかったことを、すっかりわすれてしまったように見えました。

それからあと何日かは、家にやってきただれかに本のことをきかれると、フクロウはきまってむねをはって、こう答えたものでした。

「けっこう筆《ふで》がすすんでおるんでね。いまは、ロバートおじさんが火わたりの術《じゅつ》をはじめたところをかいてるところだ」とか、「おじさんが、動物病院《びょういん》に入院《にゅういん》していると

ころをかいておる」とか、「今週は、ブール戦争当時《せんそうとうじ》、おじさんが南アフリカのマフィケングで、ブール人に二百十七日間包囲《ほうい》されたところだ」とか。

けれどもそのうちに、だれもなにもきかなくなりました。

ルーとティガーは、またフクロウの家の前で「おち葉ゲーム」をはじめましたが、耳をなぐられたり、しっぽを引っぱられたりはしませんでした。これはうれしいことでしたが、そのせいで、ゲームがあんまり楽しくなくなったのもたしかでした。

そんなある日のこと、ウサギはフクロウの家をたずねることにしました。むかしロバートおじさんがウサジいさんにおくってきた古い手紙を、フクロウに持っていってあげようと思ったのです。ウサギは、古い手紙で家のなかがごちゃごちゃするのなんか、まっぴらでしたからね。

「これ、本をかくのに役に立つと思ってね。どう、うまくいってますか？」

戸口に出てくるなり、こわい目でにらみつけたフクロウに、ウサギは、こうきいてみました。

「わたしが？　本をかいとるって？」

かみつくように、フクロウはいうのです。

「さだめしきみは、だれかほかのやつとごっちゃにしてるんじゃないかね。さあさあ、わたしはひどくいそがしいんだ。ちょっと悪いが……」

ふいにことばを切って、フクロウは目をぱちくりさせました。

「なんとなんと！　こいつはおどろいた！」

大声でいうなり、フクロウはウサギが持っていた手紙のたばから、ふうとうをひとつとりあげました。

「これは『二ペンス・ブルー（一八四〇年にイギリスで発行《はっこう》された、世界最初《さいしょ》の切手のうちの一枚《まい》）』じゃないかね？　めったにお目にかかれない、すばらしい切手だぞ」

フクロウは、大いそぎでつくえのところにいきました。つくえの上の古いふうとうをつみかさねたあいだに、大きなアルバムがあります。

「そこへすわりなさい。じっときいてくれるなら、わたしが集めた切手を見せてしんぜよう」

ウサギはため息《いき》をついていすにすわり、ああ、早くかえりたいという顔で、ドアのほうをちらりと見ました。フクロウはウサギに、自分が集めた切手の数かずと、その

切手がやってきたいろいろな国のことを、ひとつのこらず話しはじめました。それから、話は何時間も何時間もつづいたので、しまいにはウサギはあきあきしてしまい、とつぜんいそぎのやくそくがあるのを思い出しました。

それが、その夏、うんざりするくらい何日もつづく、ウサギのつらい日々のはじまりでした。

ウサギはいつも、なんとか目をあけていようとがんばり、フクロウが切手について話すのをさもおもしろがっているようなふりをし、しまいに、とつぜん、やらなければならない、とっても大事なことを思い出すのでした。

けれども、これほどのフクロウの切手熱《ねつ》もやがてはさめ、ずっとあとになって、キクイムシがフクロウのベッドのあしを半分以上《いじょう》かじってしまったときに、切手アルバムは、もうしぶんのないつっかえ棒《ぼう》の役目をすることになりました。

そして、あるさむい夜、フクロウがすきま風をふせぐものをさがしていたとき、あのかきかけの原稿用紙《げんこうようし》がとても役に立ったのでした。

7 ロッティが百エーカー森学園をつくり みんながなにかを学ぶこと

「学校にいってたときだけど、ぼくたちがいなくてさびしくなかった？」

プーが、クリストファー・ロビンにききました。

八月のある朝、森はいちばんすばらしい季《き》節《せつ》をむかえていました。

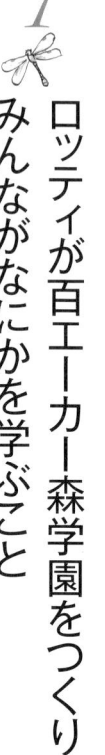

「うん、さびしかったよ」

と、クリストファー・ロビンは答えました。

「けどね、すぐになにかできごとがおこって、さびしくなくなっちゃうんだ。学校って、うるさいからね。いっつもみんな、大きな声でどなってるから」

「森だって、うるさいと思うけど」

「うん、けど、ここでは音がひとつずつきこえてくるよね。それが学校じゃ、ぜんぶいっしょにきこえてくるんだよ」

プーは、クリストファー・ロビンのへんじをきいて、ちょっとしょんぼりしたようでした。

「クリストファー・ロビンがさびしくなかったんなら、ぼくたちがいなくてさびしがってくれる人なんて、ひとりもいないだろうな」

「バカだな、プーったら」

クリストファー・ロビンは、いいました。

「いっつもさびしかったわけじゃないけど、プーをわすれたことなんて、いちどもなかったよ」

プーは、ゆっくりとうなずきました。それから、ぱっと明るい顔になって、こんなことをいったのです。

「この森にも、学校がなきゃいけないね。で、クリストファー・ロビンが校長先生になるんだ」

「それはいい考えだね」

クリストファー・ロビンは、いいました。

「けど、ぼくはまだ子どもだから、校長先生にはなれないよ。それに、校長先生が、始業式《しぎょうしき》や卒業式《そつぎょうしき》にきるガウンも持ってないし……」

しばらく考えてから、クリストファー・ロビンは、こうつけくわえました。

「けど、もしかして……」

ちょうどそのころ、いまはすっかりかわいて、ひびわれてしまった沼《ぬま》地《ち》に、ロッティがいました。ロッティは「フォーティチュードやしき」と名前をつけた古いブリキのトランクでおよぎながら、イーオーに百エーカー森のこまったところについて話しているところでした。

「あのね、イーオー。あなたは、ここにそれは長いこと住んでらっしゃるから、あたくしほどは、いろんなことにはっきり気がついていらっしゃらないんじゃないかしら。けれど、この森のなかには『かなりおぎょうぎが悪いもの』がいると、あたくしは思ってるの」

「とくに、しましまのやつがな」

イーオーは、うなずきました。

「そのとおりですわ。しましまのも、ぶちのも、毛がはえてるのも、羽がはえてるのも。みんな、ちょっと教育《きょういく》をしなければね。そこで、あたくしはある計画を考えているんですけど」

「じゃが、その前に、ここのところが、ちょっと気持ちが悪くてのう」

イーオーは、そういって右の耳のうしろをかきました。そこは、イーオーがいつでもかきたくなるところなんですよ。

ちょうどそのとき、クリストファー・ロビンとプーがやってくるのが見えました。クリストファー・ロビンは自転車《じてんしゃ》にのり、プーはハンドルにのっています。というより、ハンドルにのっていることもある……といったほうがいいかもしれません。だいたい、プーがじゃまになって、クリストファー・ロビンは前がよく見えませんでした。ですから、草の根《ね》がからまっているところをこえていくたびに、プーはぼーんとはねて、地面におちてしまうのです。

クリストファー・ロビンが、ロッティのトランクのそばに自転車《じてんしゃ》をとめると、プーは、ハンドルからそろそろとおりま

した。

「自転車《じてんしゃ》は、クマむきじゃないのかも。もしかしたら、クマが自転車《じてんしゃ》むきじゃないのかな」

　プーはそういいながら、ハンドルからおちるたびに着地《ちゃくち》したところを、そっとなでました。ずいぶんなんども着地《ちゃくち》していましたからね。

　クリストファー・ロビンは、なぐさめるようにプーのかたをたたいていいました。

「プー、ぼくたちの計画を、ふたりに話してごらんよ」

「あら、あたくしたちにも、計画がありますのよ！　最初《さいしょ》にいってもよろしいかしら？」

　ロッティがきくと、クリストファー・ロビンがこういいました。

「じゃ、いっしょにいったらどう？　ほら、一、二の三……」

「この森には、学校が必要《ひつよう》ですわ」

「ぼくたち、森に学校をつくろうと思ってるんだ」

　ロッティとプーが、いっしょにいいました。

「やれ、ふしぎなことだ」

　イーオーが、いいました。

「なにやら、わっしの耳にやまびこがきこえたような」

　それから、みんなでキノコが輪《わ》のようにはえているところにすわって、相談《そうだん》することにしました。こんなふうにキノコがはえているところは、いろいろなことを思いつくのに森のなかではいちばんいい場所なのです。この日もみんな、いいことをたくさん思いつきました。ラテン語《ご》とギリシア語《ご》を教えるには、フクロウがいちばんいいとか、ウサギに家庭科《かていか》の先生をたのんだらいいとか、カンガが地理《ちり》を教えるといいとか……。

「ロッティ。きみは、なにを教えるの？」

　クリストファー・ロビンが、ききました。

「あたくしは、お作法《さほう》、それにダンスとおしとやかな身のこなし、それから、美しい話しかたと水中競技《きょうぎ》を教えますわ。ばらばらな科目のようですけど、どれもあたくし

は、とてもとくいなんですの」

「ぼくは、スポーツにしよう」

クリストファー・ロビンが、いいました。

「それから、クリケットのボールのなげかた。けど、校長先生がいるよね。ぼくは、思うんだけど……」

横から、ロッティが声をひそめて、ちょっとしゃがれ声でいいました。

「イーオー、たぶんあなたかもしれなくってよ……」

みんな、しばらくだまりこみました。

イーオーは、もぞもぞとあしを動かしました。

「わっしのことですかの、ロッティ？　この年とった、灰色《はいいろ》ロバのイーオーが、学校の校長先生ですと？」

「そうそう！」

ロッティと、プーと、クリストファー・ロビンが、いっせいに声をあげました。

森はしーんとしずまりかえり、クモがクモの巣《す》をつくる音がきこえるほどでした。

しばらくしてから、イーオーが口をひらきました。

「ガウンと角帽《かくぼう》、それに黒板《こくばん》がいりますのう。それから、チョークもどっさり。ほれ、あれは、よくおれるじゃろうが」

「すばらしいわ」

ロッティが、いいました。

「それでは、イーオー、ええと――ねえ、百エーカー森学園とよびましょうよ――あなたがその学校の校長先生よ！」

それできまりです。

ロッティが、この知らせをみんなにとどけることにしました。

フクロウは、ロッティにラテン語《ご》を教えてくれとたのまれると、つばさを二、三度《ど》ひろげてから、一本ちょうしにとなえはじめました。

「ラテン語《ご》のアマーレという動詞《どうし》は、『愛《あい》する』という意味《いみ》であって、このように変化《へんか》するのである。アモー、アマーレ、アマーヴィ、アマータム……」

「あたくしの思っていたとおりですわ」

ロッティが、いそいでフクロウの家から出ると、ティガーとルー

が、さわがしいゲームをはじめているのがきこえました。ティガーは、ぼーんとはねて、ロッティからにげようとしましたが、あいにくロッティのほうがすばやかったのです。そしてティガーは、なにがなんだかわからないうちに、百エーカー森学園の生徒《せいと》になる、といわされていました。

「けど、ルーも入らなきゃ、おいらはいかないよ！」

ティガーはそうつけたしました。もう、おそかったのですけどね。

ルーのほうは、どうしようかとまよっているようすで、コブタも入るのなら生徒《せいと》になってもいいといいました。それから、コブタに最初《さいしょ》にきいてくれるように、ロッティにたのみました。ルーにとって運が悪かったことに、ちょうどそのとき、むこうからコブタがぶらぶらと歩いてきてしまったのです。コブタは、ロッティにきかれるやいなや、こういいました。

「ぼくはいくよ！　だって、ルー。ぼく、いろんなことを知りたいんだもん。知らないことが山ほどあるんだよ――百こ以上《いじょう》も！」

「そっか」

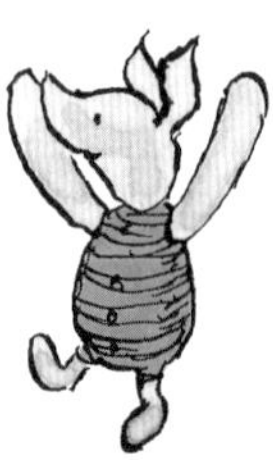

と、ルーは、いいました。

「ぼくなんか、４かける7を知ってるもんね。それにスペインの首都も。けど、教えてあげないよ」

＊＊＊

百エーカー森学園の第一日目、ティガーとルー、それにコブタとプーは、森のまんなかに集まりました。黒板《こくばん》の前に、イーオーが立っています。イーオーは、角帽《かくぼう》をかぶり、まっ赤《か》なフードのついた、古い、上等のガウンをきていました。かたほうの前あしには、新しい黄色のチョークを、もうかたほうには黒板《こくばん》ふきを持っています。イーオーは、まず最初《さいしょ》に出席《しゅっせき》をとり（あっというまに終わりましたが）、出席簿《しゅっせきぼ》をおごそかにプーにわたしました。プーは、最上級生《さいじょうきゅうせい》として、みんなのめんどうを見る学級委員《いいん》にえらばれ、腕章《わんしょう》をまいていました。腕章《わんしょう》は、カンガがプーのためにとくべつにぬったもので、「がきゅいん」とかいてありました。プーは、腕章《わんしょう》にうっとりと見とれていたもので

すから、イーオーからわたされた出席簿《しゅっせきぼ》をうっかりおとしてしまいました。

イーオーは「あーあ」というように天をあおぎ、せきばらいをしてから、ガウンをしっかりとまきつけました。とたんに、ガが二ひきガウンからとび出しました。

「わっしが、校長先生ですぞ」

イーオーは、生徒《せいと》たちにいいました。

「生徒《せいと》しょくん、ノートとえんぴつは持ってるかね？　どうじゃ？　それでは、これからわっしが、黒板《こくばん》に学校の標語《ひょうご》をかくから、ノートの一ページにうつしてかきなされ。標語《ひょうご》は——」

イーヨーは、チョークでガリガリ、キイキイと音を立てながら「フローリアアット（ラテン語《ご》で『栄《さか》えあれ』という意味《いみ》）」とかきました。

「ラテン語《ご》を教えるフクロウ先生が、どういう意味《いみ》か教えてくれるからの」

フクロウは、そんなことをきかれるとは思ってもみませんでしたが、すぐにひくい声で、おもおもしく説明《せつめい》をはじめました。

「フローリアット。フローア、つまりゆかにだな、ハット、ぼうしをおきっぱなしにするなという意味《いみ》である」

「みんな、ぼうしなんか持ってないもん」

と、ティガーがいいました。

「ゆかもないよ」

と、これはコブタ。

「ぼうし、ほしいよお。ぼうし、くれるの？　リボンもつけてくれる？」

ルーは、大声でわめき、ますますさわぎまくります。

「しずかに、みんな。いまは、生徒《せいと》が集まる時間なんだから」

学級委員《いいん》のプーが、注意しました。

「集まるって、みんなもう、集まってるよ」

コブタが、ずばりといいました。

「じゃ、おちついて、ききなさい！」

イーオーが、きびしい声でいいます。

「さて、この森でずっとくらすうちに、わっしはいくつか大事なことを教わった。これから、それを話そうと思う。ひとつ目、アザミはいつもぱりっとみずみずしいと思ったら、大まちがいじゃ。ときにはぱりっとして

おるが、ときには……」

ここで、ティガーらしき声が、みんなにきこえるようにささやきました。

「チクチク、チクチク！」

「……ときには、みずみずしい」

イーオーは、ティガーのささやきなど知らないふりをして、どうどうといいはなちました。

「ふたつ目。ここにぬかるみがあり、しょくんのあしがきれいだとするな。かようなとき、しょくんはかならずやぬかるみにあしをふみ入れるであろう。それはちょうど、タマゴがタマゴであるようにたしかなことじゃ。あるいは、わしの名がイーオーであるようにといってもいいのう。三つ目」

そういってから、イーオーはちょっぴり不安そうな顔をしました。

「三つ目。そう、タマゴはタマゴなのである。そして、四つ目。そして、わしの名は、たしかにイーオーである。以上《いじょう》のことを、わすれん

ようにな。さあ、生徒《せいと》しょくん。勉強《べんきょう》にいきなされ」

こうして、授業《じゅぎょう》がはじまりました。

一時間目は家庭科《かていか》で、ウサギがおりたたむもの（ナプキン、テーブルクロス、シーツ）と、おりたたんではいけないもの（ゆでたまご、クモの巣《す》、つくえ）を教えてくれました。

二時間目は、みんなでフクロウからラテン語《ご》を教わることになりました。フクロウは、れいの「アモー、アマース、アマト、アマームス、アマーティス、アマント」という動詞《どうし》の活用をなんどかくりかえしました。それから、「アマームス」の「ムス」は、「マウス」つまりネズミのことだと説明《せつめい》しました。するとプーが、「バス」というのは、「おふろ」のことかときき、コブタが「プス」というのは風船がはれつすることかどうか知りたがったので、フクロウはもうすこしでかんしゃくをおこしそうになりました。

地理《ちり》の時間は、すこしはましでした。

カンガが、赤道《せきどう》というのは「世界をぐるりととりまく、目に見えない線のこと」ですと、教えてくれたのです。

するとコブタが前あしをあげてききました。

「目に見えないなら、どうしてそこにあるってわかるの？」

「ルー、えんぴつを鼻《はな》につっこんではいけません」

カンガはルーをしかってから、コブタに答えました。

「そうよ、そのとおりです。その線がそこにあるかどうか、わたしたちは知らないんですよ」

「じゃ、なんでそんなこと教えるのさ？」

ティガーがいいました。

「わたしが教えなければ、あなたたちにわからないじゃないの！」

カンガは、なんだか早口で答えました。

「けど、自分だって、わからないくせに」

と、ルーがいいました。

カンガは、十数えて、息《いき》をととのえました。

「もちろん、わかってます。なぜなら、わたしはあなたのおかあさんですからね」

カンガは、ルーにぴしゃりといってから、つづけました。

「さあ、子どもたち。休み時間ですよ！」

＊＊＊

生徒《せいと》たちの休み時間に、教師《きょうし》たちは、なぜみんなのおぎょうぎがなっていないのか、話しあいました。

「しましまが、問題《もんだい》じゃのう」

イーオーが、いんきくさい声でいい、暑《あつ》いのでぬいでいたガウンから、ガをもう一ぴきはらいおとしました。

「問題《もんだい》なのは、みんなさ」

ウサギが、鼻《はな》をぴくぴくさせていいます。

「じっさい、ルーは、もっと上手《じょうず》にそだてられたのかと思ってたけどな」

するとカンガが、こわい目でウサギをにらみました。

「あなた、いったいなにをいいたいんですか？」

フクロウが、せきばらいしました。

「わたしは思うのだが、問題《もんだい》の重要《じゅうよう》さが意味《いみ》したり、しめしたり、ほのめかしたり、ふくんだり、あらわしたりしているのは……」

そこで、フクロウはちょっとことばを切りました。どうやら、なにをいっているのか、わすれてしまったようなのです。

「つまりその……ここはひとつ、クリストファー・ロビンにたのまなければいかん、ということだ！」

フクロウはそうしめくくり、みごとにまとめました。

けれども、ロッティはさんせいしませんでした。

「ふん、バカなことを！」

と、鼻《はな》をならしていったのです。

「あのかたは、昼ごはんがすんでからでなければきませんわ。ここはひとつ、あたくしにまかせてくださいな」

＊＊＊

休み時間のあと、ロッティが「ダンスとおしとやかな身のこなし」を教えました。

「みなさんは、この百エーカー森学園の高い水準《すいじゅん》にたっするようなおそだちかたをしていないとききましたが」

一列《れつ》にならんだ生徒《せいと》を前に、ロッティはそう切り出しました。

「ごめんなさーい、ロッティ先生」

みんな、声をそろえていいました。ただ、ティガーだけは、べつでした。しっぽの先を耳のあなに入れられるものかどうか、いっしょけんめいにためしている最中《さいちゅう》だったのです。

「プー、あなたは学級委員《いいん》として『ちつじょをたもつ』よう、先生がたのおてつだいをしなければいけないのですよ」

「かしこまりました、ロッティ先生」

プーは、せいいっぱいかしこそうな声でへんじしましたが、「チツジョをタモツ」というのは、ハチミツのつぼを上手《じょうず》にならべて、うちで番をしていることかなと思っていたんですよ。

「それでは、あたくしがみなさんに、よいお作法《さほう》と、美しい身の

こなしを教えましょう」

ロッティは、つづけます。

「まず、ポルカからはじめましょうか。元気がいいけれど、お上品なダンスですのよ。みなさんはいま、すばらしい大広間《おおひろま》にいます。目にうかべてごらんなさい。ヨーロッパじゅうから、かんむりをかぶったかたがたがつどっていらっしゃいますわ。くんしょうをつけて、さっそうとした紳士《しんし》のかたがたに、シルクのふわりとしたドレスをおめしになった、美しい淑女《しゅくじょ》のみなさま」

ここで、ロッティは、蓄音機《ちくおんき》のレコードに注意ぶかく針《はり》をおきました。もちろん、クリストファー・ロビンにかりたものです。

「みなさん、もうあいてをおえらびになりまして？　コブタとティガー、プーとルーですわよ。それでは、あたくしのするとおりに――音楽にあわせて！　一、二、三、ぴょん！　そうそう、一、二、三、ぴょん！　ちがいますよ、ティガー。ぴょんととぶのよ。ぼーんとはねちゃだめ！　ちがうの、ティガー！　だめ、だめ、だめっ！」

でも、もうおそかったのです。ティガーは、コブタの前あしをつかんだまま、せいいっぱい高く、ぼーんとはねていました。そして、二ひきがついらくしたのは、ロッ

ティのまうえだったのです。

「つぶされちゃう！」

ティガーとロッティにはさまれたコブタが、キイキイさけびます。

プーがポルカをおどりながら、「一、二、三、ぴょん」と、コブタ、ティガー、ロッティがおりかさなったそばを、とおりすぎます。プーはおどるのにむちゅうで、ルーのあしを三回、ティガーのあしを二回ふんだのにも気がつきませんでした。

「一時停止《いちじていし》！」

ロッティが、ティガーのおなかの下から顔を出して、どなりました。たくましいしっぽをくねらせて、ロッティはなんとかコブタとティガーの下からぬけ出しました。それから、せいいっぱいせすじをのばして、プーの前に立ちました。

プーは、すぐにダンスをやめました。

「えっ！　あの、なに？　イチジテー？」

プーは、びくびくしながらききました。

「お昼ごはん！」

ロッティは、大声でいいました。

「お昼ごはんの時間です、みなさん！」

＊＊＊

プーは、生徒《せいと》たちにせっせとサンドイッチを食べさせせ、校歌をうたわせました。そのうちに、スポーツの先生、クリストファー・ロビンその人がやってきました。

すぐさま百エーカー森学園の先生たちは、クリストファー・ロビンにどんなに生徒《せいと》たちを教えるのがやっかいか、口ぐちにうったえました。

クリストファー・ロビンは、まじめな顔で話をきき、わらったりしませんでしたが、一、二度《ど》は口のはしがすこしばかりひくひく動きました。

「そうだね、ティガーって子は、外あそびにむいてるんだよ」

クリストファー・ロビンがいったのは、それだけでした。

お昼休みがすむと、クリストファー・ロビンがスポーツを教えることになりまし

た。最初《さいしょ》は、走り高とびをすることになりました。コブタはバーまで走っていくと……そのまま、下をくぐって走りぬけました。走り高とびで、ゆうゆういちばんになったのは、ティガーです。ティガーはバーをとんだばかりでなく、両《りょう》わきの柱《はしら》までとんでしまいました。

「やったぞ、ティガー！」

みんな、大声でほめてやりましたが、イーオーだけは、こういいました。

「わっしには、とんでるというより、はねてるように見えるがのう」

つぎは、走りはばとびです。コブタは、砂場《すなば》に走っていったのですが、ジャンプするかわりに、そこにころがっていたバケツで――バケツって、よく砂場《すなば》にころがってるものですよね――すてきなお城《しろ》をつくりました。走りはばとびのいちばんは、ルーでした。ルーは、砂場《すなば》のはしまではもちろんのこと、そのむこうまでとべたのですから。

「ルーぼうや、お上手《じょうず》、お上手《じょうず》！」

カンガが、大声をあげました。

スポーツが終わると、生徒《せいと》たちは顔を赤くして、ハアハア息《いき》を切らしていました。

そこで、クリストファー・ロビンは生徒《せいと》をこちらがわに、先生をむこうがわにすわら

せました。そして、百エーカー森学園はどうだったか、たずねました。

みんな、ずいぶん長いこと、じっとだまっていましたが、それから、いっせいにしゃべり出しました。

「なかなかおもしろい試《こころ》みでしたな」

と、フクロウはいいました。

「アモー、マウス、マットってさ、どこのことばだっけ？」

と、コブタがききました。

「おいら、たたんだり、みがいたりしてたの、つまんなかったな！」

ぶつぶついったのは、ティガーです。

「プーが、あしもとをちゃんと気をつけてくれれば、ダンスは楽しかったのにさ」

ルーが、キイキイ声でいいます。

「だいたい、どうして学校って生徒《せいと》がいなくちゃいけないんでしょう？」

ロッティがきくと、みんな、また長いことだまりこみました。すると、カンガがいい出しました。

「それはそうと、わたし、来週は教えられないわ。だってほら、大そうじをしなきゃいけないでしょ」

「ぼくも！」

ウサギがいいます。

「それはざんねんだね。ほかのみんなはどう？」

クリストファー・ロビンが、ききました。

でも、とつぜん、みんながつごうが悪くなってしまったようなのです。それに、だれも百エーカー森学園が終わりになっても、ぜんぜん気にしないようでした。

プーは、学校がおもしろくないなんて、ひとこともいいませんでした。なにしろ「がきゅいん」でしたからね。

けれども、それから何日かして、クリストファー・ロビンの家で、十一時のおやつを食べているときのことです。プーは、十二時のおやつにまにあうように、クリストファー・ロビンが早くおやつを食べてくれればいいのになと思っていたのですが、知らないまに、こんなことをいい出していました。

「あのね、ぼく、ほんとは学校にいきたくないかも……」

「それで？」

トーストにバターをぬりながら、クリストファー・ロビンは先をきこうとプーをうながしました。

「なんかね、お天気のいい日に学校はむいてないみたいな気がしてさ。けど……けど……」

プーは「がきゅいん」のことも、つけたしたかったのです。それから、自分がもう「がきゅいん」でなくなってしまったことや、学校がほんとはどんなだったかということや……それから……それから……。

「ぼくも、ときどきそう思うよ、プー」

クリストファー・ロビンは、のんきにそんなことをいい出しました。

「けど、学級委員《いいん》のことだったら、学校が終わりになったって、つづけていてもいいんだよ」

「ほんとに？」

プーは、うれしそうに目をかがやかせました。前あしにたっぷりつけて口に入れようとしていたハチミツが、とちゅうでとまっています。

「だから、学級委員《いいん》の腕章《わんしょう》も、ずっとつけていたほうがいいって、いおうと思ってたんだよ。とくにね、とくべつのときとかさ。表彰式《ひょうしょうしき》でメダルをもらうときみたいな」

そこで、プーは、クリストファー・ロビンのいうとおりにしました。でも、そうしたのはプーだけではありません。だれかがとつぜん、インキクサ原をたずねたりすると、ガウンをきて、角帽《かくぼう》をかぶったイーオーがあらわれることがありました。イーオーは、角帽《かくぼう》のふさかざりをハエをおいはらうのにつかったり、草原においた黒板《こくばん》の上でタップダンスを練習《れんしゅう》したりしていました。

そしてロッティはといえば、なにごともあまり長くおぼえているようなたちではなかったので、一週間くらいあとにコブタが百エーカー森学園のことをたずねると、こんなふうに答えたのでした。

「学園ですって、ぼうや？　いったい、なんのことをいってるの？」

カワウソって、こういう動物なんですよ。

8 クリケットの試合《しあい》をすること

クリストファー・ロビンのたんじょう日がきました。「ハッピー・バースデー」と、ネコたちがわらいながらいっているカードや、そのほかにも、いつものたんじょう日と同じようなプレゼントがとどきました。ソックスとか、手ぶくろとか、びんせんとか、『夏休みにしたいこと一〇〇一』という、とてもあつい本とか。

クリストファー・ロビンは、もらったびんせんをつかって、ソックスや手ぶくろをありがとう、という手紙をかきました。これが、なかなかたいへんだったんですよ。

だれそれさま
ソックス／手ぶくろを、ありがとうございました。

クリストファー・ロビンより

こうかけば、ちゃんとしたおれいの手紙になるのですが、もしかしたらうけとるほうは、お天気のこととか、算数の成績《せいせき》とか、「みなさん、お元気でおすごしのことでしょうね」とかかいてほしいと思っているような気がしてきたのです。

ソックスと手ぶくろを引き出しのいちばんおくにおしこんでから、クリストファー・ロビンは『夏休みにしたいこと　一〇〇二』という本を読むことにしました。三ページには「植木鉢《うえきばち》などの入っているものおきのかたづけをしましょう」とかいてありました。五ページには「おもちゃをはこにかたづけて、ラベルをはりましょう」、そして、七ページはこんなことをいっていました――歴史《れきし》の本のなかで、あなたがいちばんあこがれる人物《じんぶつ》をぜんぶぬき出して、表《ひょう》にしてみませんか？

九ページになんとかいてあったのか、クリストファー・ロビンは知りません。なぜなら、七ページを読むとすぐに本をとじ、二度《ど》とひらかなかったからです。

けれどもひとつだけ、クリストファー・ロビンがとても気に入ったプレゼントがありました。クリケットの道具《どうぐ》です。クリケットというのは、二組のチームがまもるほうとせめるほうに分かれてするスポーツです。せめるほうは、あいてのチームの投手《とうしゅ》がなげたボールをバットで打ち、二か所においた、小さな、小さな木の門のあいだを走っていったりきたりして点をとります。

クリストファー・ロビンがもらった道具《どうぐ》のなかには、バットとボール、ウィケットという小さな木の門（高さが約《やく》七十センチある三本柱《ばしら》の門。投手《とうしゅ》と打者《だしゃ》がむかいあうピッチの両《りょう》はしにおく）のセットが二組ありました。それから、打者《だしゃ》がつかうグローブ二組と、すねあてがいくつか、ウィケットのうしろにいる捕手用《ほしゅよう》のグローブ二組、スコアブックとえんぴつ、えんぴつけずり、けしゴム、バットにぬるアマニ油《ゆ》ひとカン、ぬるときにつかう、四角いもめんのぬのもついています。

こういったもののすべてが、ソーセージの形をした、すてきなバッグにきちんと入っていました。クリケットの試合《しあい》に必要《ひつよう》なものが、ぜんぶそろっているのです。

クリケットの道具《どうぐ》のおれいの手紙には、クリストファー・ロビンはクレヨンで絵をかき、去年《きょねん》の夏と今年《ことし》の夏の自分の打率《だりつ》もかき、手紙の最後《さいご》には「愛《あい》をこめて、クリストファー・ロビンより」とかきました。本当に、そういう気持ちだったんですよ。

その日——たぶん、火曜日だったと思いますよ。たいていそうでしたから——クリストファー・ロビンはクリケットの道具《どうぐ》が入ったバッグを、自分の家とフクロウの家

郵便はがき

料金受取人払郵便

神田支店承認

8080

差出有効期間
平成24年10月
5日まで
(切手は不要です)

101-8021

123

(受取人)
東京都神田支店郵便私書箱8号
小学館 出版局 児童・地図
『プーさんの森にかえる』
愛読者係行

ご住所

郵便No. □□□-□□□□　お電話 (　　)

ファックス (　　)		携帯電話 または PHS (　　)	
E-mailアドレス			
(フリガナ) ご芳名	男・女	明・大・昭・平 年生まれ	年

■ご職業 1.学生〔小学・中学・高校・大学(院)・専門学校〕 2.会社員・公務員 3.会社・団体役員 4.教師(
5.自営業 6.医師 7.看護師 8.自由業(　　) 9.主婦 10.無職 11.その他(
■ご関心のある読書分野 1.日本美術(絵画・浮世絵・陶芸・城郭・彫刻・庭園) 2.東洋美術 3.西洋美
4.写真 5.書道 6.茶道 7.華道 8.園芸 9.料理 10.旅行 11.音楽(クラシック・ポピュラー) 12.文
13.歴史 14.建築 15.科学 16.宗教 17.その他(
■小社PR誌『本の窓』(見本誌)をご希望の方は○をつけてください。 •希望する

小学館では、お客様のご了解を得た上で、ご記入いただいた、お名前、ご住所、ご連絡先、生年月日、ご職業等をご愛読者名簿に登録させていただいております。名簿は、小学館およびグループ関係会社の刊行物、企画、催しなどのご案内のために利用し、そのほかの目的では利用いたしません。
なお、下記にご記入がないものは「いいえ」として扱わせていただきます。

愛読者名簿に登録してよろしいですか。 □はい □いいえ

裏面もお書きください。

『プーさんの森にかえる』 愛読者カード

小学館の出版物をお買い上げいただき、ありがとうございました。今後の編集の資料にさせていただきますので、下記の設問にお答えいただければ幸いです。ご協力をお願いいたします。なお、お答えいただきましたデータは編集資料以外には使用いたしません。

■本書を何でお知りになりましたか。

1. 新聞広告（紙名　　　　　　　　　　）　2. 雑誌広告（誌名　　　　　　　　　　）
3. 新聞･雑誌などの紹介記事で（紙･誌名　　　　　　　　　　）
4. 書店のポスターを見て　5. 友人、知人から聞いて　6. 書店で実物を見て
7. その他（　　　　　　　　　　）

■最近読んだ本で、お気に入りの本の書名を教えてください。

■この本についてのご感想、ご意見をお聞かせください。

★ご協力ありがとうございました。

のまんなかあたりにある原っぱに持っていきました。それから、あまりでこぼこでないところをえらんで、打者《だしゃ》と捕手《ほしゅ》のあいだにウィケットという小さな木の門を、投手《とうしゅ》と審判《しんぱん》のあいだには、ウィケットのかわりにスタンプという柱《はしら》をおきました。

つぎに、小石をならべてだ円形の境界線《きょうかいせん》をつくりました。小石を入れたふくろを持って、すこしずつおいていったのです（198～199ページの絵を見てくださいね）。すぐに、森の動物たちが集まってきたので、クリストファー・ロビンは、クリケットのルールを説明《せつめい》しました。

「ふたつのチームで、試合《しあい》をやるんだよ。それぞれのチームが、かわりばんこに、バットで打つ。それを、イニングっていうんだ。打ったら、できるだけ走って、点をかせぐんだよ。打者《だしゃ》は投手《とうしゅ》とむかいあって立って、バットをかまえるんだ。それで、投手《とうしゅ》は、こんなふうにボールをなげるんだよ」

クリストファー・ロビンは、うでをぐるっとまわしてから手をぱっとひらき、ボールをなげるふりをしました。

「打者《だしゃ》は、ボールを打ったら、投手《とうしゅ》が立っているところまで走って、それからもどってくる。投手《とうしゅ》のところまで走れたら一点、打った場所までもどれたらもう一点。ボー

ルが境界線《きょうかいせん》の外までまっすぐとんだら六点。けど、バウンドして外に出たら、四点だけになるんだ」

「かんたんだね」と、コブタがいいました。

「ただ、走っていったりきたりすれば、たくさん点がとれるんだ」

「うん、そうだよ。けど、あいてのチームは、なんとか打者《だしゃ》をとめようとするんだ。それに、ボールをからぶりして、うしろにあるウィケットをたおしたら、アウトになるんだよ。ボールを打っても、あいての選手《せんしゅ》にバウンドする前にとられたら、やっぱりアウトになるんだ。それから、走ってるあいだに、あいてチームの選手《せんしゅ》がボールをなげて、うまくウィケットやスタンプをたおしたら、やっぱりアウト。こうして、最初《さいしょ》のチームが全員《ぜんいん》アウトになったら、こうたいして、せめていたチームが投手《とうしゅ》や野手《やしゅ》になってまもるんだよ」

「ずいぶんあっちゃこっちゃ走るようですのう」

イーオーが、いい出しました。

「わっしには、たいして意味《いみ》のあることにも思えんが」

「ちがうよ、そんなことないって」

クリストファー・ロビンは、だんだんむちゅうになってきました。

「いいかい、こんなのもあるんだから……」

そして、クリストファー・ロビンは、ショートレッグやシリーポイントという守備《しゅび》位置《いち》のこととか、内野《ないや》ゴロによるアウトとか、投手《とうしゅ》や野手《やしゅ》がルール違反《いはん》したときに、審判《しんぱん》があいてチームに一点入れることができることなど、おもしろいことをいろいろ教えました。森の動物たちは、クリケットというものが、それほどかしこいあそびだとは思いませんでした。それでも、なにやらおもしろいものらしいとわかったのは、たしかです。

それからはもう、朝から晩《ばん》まで、クリケット、クリケット、クリケット。オークの木のまわりで、ミツバチがまんぞくそうにブンブンいい、森の上を飛行機《ひこうき》がブーンとちゅうがえりする音が、かぐわしい空気をふるわせても、とにかくクリケット、クリケット、それからまたクリケットの毎日でした。

しまいに、オーストラリアに親《しん》せきがいるカンガが、ちゃんとした試合《しあい》をするべきだといい出しました。テストマッチをやらなければ、というのです。プーが、それはなにかときくと、クリストファー・ロビンが教えてくれました。

「テストマッチっていうのはね、イングランド対《たい》オーストラリアの、とてもたいせつな試合《しあい》なんだよ。勝《か》ったほうが、アッシュ（灰《はい》という意味《いみ》だが、テストマッチの優勝《ゆうしょう》トロフィーをこうよぶ）をもらうんだ」

「アッシュって、なんですか？」

ウサギが、クリストファー・ロビンにききました。

「あんまりよくわかんない」

「アッシュが灰《はい》のことだったら、わたしはロバートおじさんの灰《はい》を、だんろの上の花びんに入れておりましてな」と、フクロウがいい出しました。

「あの大あらしの日にふきとばされて、花びんはわれてしまったが、新しい花びんに、おおかたの灰《はい》は入れておるんです」

「それはともかく、みんなでテストマッチをやりましょうよ」

カンガが、くりかえしました。

「わたしとルーが、オーストラリア・チームになるわ。あとのみんなが、イングランド・チームよ」

「ふたりだけじゃだめだよ」

と、クリストファー・ロビンはいいます。

「そんなの、不公平《ふこうへい》だからね」

「けど、ぼくとかあさんは、とってもうまいんだもん」

と、ルーはいうのです。

「ほんとだよ。ほら、見て、見て！」

ルーは、そういいながらバットをふりまわして、ボールを打つところをやってみせましたが、あおむけにひっくりかえってしまいました。

「これは、ただの練習《れんしゅう》だからね！」

ルーは、みんなにいいわけしてから、もういちどやりましたが、またまたひっくりかえりました。

「カンガとルーのふたりだけのチームになったら、どっちかが投手《とうしゅ》で、どっちかが捕《ほ》手《しゅ》をやることになるよね。そしたら、野手《やしゅ》がいなくなっちゃうし。そこんとこを、考えなきゃ」

クリストファー・ロビンは大きな石の上にのぼって考えることにしました。そこは、ちょうどいい高さで、だれにもじゃまされないので、考えるのにはぴったりの場

所だったのです。しばらくすると、クリストファー・ロビンは大きな石からおりてきて、みんなにこういいました。

「テストマッチはするけれど、ロバートおじさんの灰《はい》をかけてたたかったりはしないよ。それから、イングランド対《たい》オーストラリアの試合《しあい》もしない。あしが四本の動物対《たい》二本の動物でやるんだ。試合《しあい》はあさって、十一時からにする」

「それじゃ、みなさん、木々《きぎ》の下でクリケットとやらをやって、ぞんぶんに楽しんでくだされ。わっしなどなかまに入れなくてもよろしいからの」

イーオーが、ぶつぶつといい出しました。

「けど、イーオーがいなきゃ、ぼくたち、とても試合《しあい》なんかできないよ」

と、プーがいいます。

イーオーは、かたほうのまぶたをあげました。

「チームはこうなるよ」

クリストファー・ロビンが、話をつづけます。

「ひとつのチームが、プー、ティガー、ウサギ、それにコブタ。もうひとつのチームが、カンガ、ルー、それからぼく。フクロウは審判《しんぱん》をしてくれ」

「ぼくが、プーのチームのキャプテンになるよ」

ほかの動物たちが自分のあしを数えているあいだに、ウサギがいそいでいいました。

そのとき、ロッティのせきばらいがきこえました。

「ちょっとまってくださいな」ロッティは、しずかにいいました。

「ああ、ロッティ。ごめん、ごめん」

クリストファー・ロビンはあやまりましたが、本当のことをいうと、ロッティのあしが何本かおぼえていなかったし、じろじろ見るのはしつれいだと思っていたのです。

「あたくしのあしは、たしかにかなり短いですわ。けれど、カワウソというものは、みんなこうなんですのよ。あしは四本ございまして、みなさん、とてもすてきだとほめてくださいますわ」

「もちろんだよ、ロッティ。けど、プーのチームのほうが数がおおくなったから、どうしようかと考えてたんだ」

「それでは、もちろんカンガのチームに入れていただきますわ」

ロッティは、そういいました。

クリストファー・ロビンは、またまた考えはじめました。

ウサギは、まっているのにうんざりして、食べものおき場をかたづけようと、うちにもどっていました。もっとも、ウサギはきれいずきだったので、かたづけるもなにも、戸だなにはほとんど食べものが入ってなかったんですけどね。

プーもうちにかえって、ちょっぴりなにかをつまみました。ハチミツをなめたんですけどね。コブタは試合《しあい》のことを考えると、もうわくわくしてきて、からだじゅうピンク色になっていました。ティガーは、アマニ油《ゆ》をひと口のんでみていましたが、ちっともすきになれませんでした。

こうしたあとで、両《りょう》チームの名前をみごとにかいた紙がとり出されました。

プーのチーム	カンガのチーム
ティガー	カンガ
プー	ルー
コブタ	ロッティ（本当はプーのチーム）
ウサギ（キャプテン）	クリストファー・ロビン（キャプテン）
イーオー（捕手《ほしゅ》）	イーオー（捕手《ほしゅ》）

審判《しんぱん》　フクロウ（みんな、かれにしたがわなければいけない）
スコア係《がかり》　イグサ・ヘンリーと、ウサギの友だち親《しん》せき
一同のなかで、試合に出るには、小さすぎるもの
野手《やしゅ》の補欠《ほけつ》　ウサギの友だち親《しん》せき一同のなかで、
つぶされずにボールをとれるもの

「スコア係《がかり》って、なにをするの？」

カブトムシのイグサ・ヘンリーがききました。

「点をたし算して、ぜんぶスコアブックのなかにかくんだよ。

きみ、たし算は、とくいなの？」

クリストファー・ロビンが、ききました。

「ときどきは、すごく上手《じょうず》にできるんです」

ヘンリーは、そう答えてから、つけくわえました。

「けど、ゆびがないから、数えるのがむずかしくって」

「まあ、がんばってやってね」

クリストファー・ロビンは、ヘンリーのせなかをそっとたたきました。

それから、クリストファー・ロビンは、選手《せんしゅ》の名前をかいた紙を、あと何枚《なんまい》かつくって、あいたところにバットや、ボールや、ウィケットという小さな木の門の絵もきれいにかいてから、野原のまわりの木におしピンでとめました。コブタは、その紙を一枚《まい》持っていって、イーオーに見せました。

「すてきでしょ、イーオー。ほら、ぼくたちの名前が、ぜんぶかいてあるんだよ」

コブタは、ゆびさしました。

「ここが、ぼくの名前。それから、イーオーの名前が、ここと、ここ……」

「ここと、ここ？」

イーオーは、首をかしげました。

「そうだよ、イーオー。クリストファー・ロビンが、イーオーには、両方《りょうほう》のチームの捕手《ほしゅ》をしてもらうって」

「ホシュだって、コブちゃんや？　うん、うん、なーるほど」

イーオーはホシュとは、なんのことで、いったいなにをするのかさっぱりわかりませんでしたが、ともかくなにやら重要《じゅうよう》な役目にきこえました。

いよいよ、審判《しんぱん》がコインをなげて、どちらのチームが先にボールを打つか、きめることになりました。プー・チームのキャプテンをつとめるウサギが、食べものおき場のかたづけにうちにかえったっきりもどってこないので、ティガーがむかえにいかされました。そして、プーが、キャプテン代理《だいり》にえらばれました。

「表《おもて》かうらか、どっちだね？」

審判《しんぱん》のフクロウが、プーにたずねます。

「わかんない。どっちがいいと思う？」

「どっちにせよ、おちたときに上になるほうがいいにきまっとる」

「けど、どっちが上になるかわかんないなあ」

「だから、あててみろといっておるんだよ、プー」

プーは「表《おもて》」といいましたが、コインはうらが出ました。クリストファー・ロビンは、最初《さいしょ》はカンガ・チームがボールを打つことになったと、みんなにつげました。

「ホシュは、どこにいくんですかのう？」

イーオーが、クリストファー・ロビンにききました。

「もちろん、あそこにある小さな木の門のうしろさ。ウィケットっていうんだけど、

捕手《ほしゅ》はあのうしろで、投手《とうしゅ》がなげたボールをとらなきゃいけないんだ」

「はてさて、どうやったら、わっしがボールをとれるかのう？」

イーオーは、自分のひづめをじっと見つめました。

「とにかく、できるさ、イーオー。さあ、グローブをはめて、すねあてをつけて」

「いいたくはないんですがのう、クリストファー・ロビン。すねあてはどうやら二枚《まい》しかないようでして、それで、もうほかのものがつけているようで」

「とにかく、できるだけのことをやってくれればいいよ」

クリストファー・ロビンはそう答えながら、おしゃべりばっかりおおくて、ちっとも試合《しあい》ができないなと思いはじめていました。

うちからもどってきたウサギは、プーを投手《とうしゅ》に指名《しめい》しました。それから、練習《れんしゅう》が必《ひつ》要《よう》だけどねと、つけたしました。カンガ・チームのロッティは、プーが最初《さいしょ》になげたボールを、ヒースのしげみに打ちこみました。ウサギの友だち親《しん》せき一同がいっしょにさがしたので、ボールを見つけることができました。

ロッティが最初《さいしょ》の六球《きゅう》を打ったところで、カブトムシのイグサ・ヘンリーはウサギに教えてもらいながら、スコアブックに三十点とかきました。ウサギは、かんしゃく

をおこして、ぶつぶつ文句《もんく》をいっていました。

「六点を三回に、四点を三回か。ロッティは、こっちのチームに入らなきゃいけなかったんだ」

　でも、それからは、プーも自信《じしん》がついて、じつに速い球《たま》を二回もなげました。最初《さいしょ》の球《たま》は、イーオーのむねにあたりました。

「うまくとめたぞ、イーオー！」

　ウサギがさけぶと、パラパラとはくしゅがおこりました。

「こうするより、しかたなかったのでのう」

　イーオーは、ゼイゼイ息《いき》を切らしていいました。

　ロッティがさらに九点とったあと、プーにかわってティガーが投手《とうしゅ》になる番でした。ティガーは、空高くボールをなげあげました。

「それって、『ロバのドロップ』っていうんだよ」

　クリストファー・ロビンがいうと、イーオーがつぶやきました。

「わっしがなげたわけじゃないのに」

　打者《だしゃ》のロッティは、バットでボールを打つかわりに、空中にとびあがって、くるり

と回転《かいてん》すると、おちてくる球《たま》をつかまえました。みんな、すばらしい運動能力《のうりょく》にはくしゅしましたが、クリストファー・ロビンは、ボールを手でとってはいけないんだよと、ロッティに教えなければなりませんでした。もちろん、あいてチームの打球《だきゅう》は、手でとるんですけどね。

「アウト！」

フクロウが、大声でいいました。

「あたくしが『アウト』って、いったいどういう意味《いみ》ですの？」

ロッティは、審判《しんぱん》のフクロウのところにいって、にらみつけました。

フクロウは、へっちゃらな顔で、へんじもしません。クリストファー・ロビンが、審判《しんぱん》がアウトといったらアウト。審判《しんぱん》は、どうしてか説明《せつめい》しなくてもいいんだよと、ロッティに教えました。

「あなたは、紳士《しんし》ではありませんわ」

ロッティはフクロウにそういうと、しばらくブルーベルの花のうしろですねていました。けれども、花がとってもきれいなのに気がつくと、花たばをつくりはじめました。

こんどは、カンガが打つ番です。カンガはルーをおなかのふくろに入れて走ると、

フクロウに点を二倍《ばい》くれといいました。

「わたしの点と、ルーの点ですよ」

「それは、どうかわからんな」

と、フクロウは答えましたが、けっきょくカンガが一、三度《ど》そんなふうに走ったあと、ルーはアウトだという審判《しんぱん》をくだしました。ルーのあしが、地面についてないかというのです。

カンガがこうぎすると、フクロウはいいました。

「こっちのチームは、あしが二本のものということになっておる。あしがないとは、いっておらんぞ。だからして、こんなふうに走ったものには、両方《りょうほう》とも点をやらん。それに、カンガ。おまえもアウトだ。審判《しんぱん》にこうぎしたからな」

運のいいことに、カンガ・チームの打者《だしゃ》には、まだクリストファー・ロビンがいました。あいてチームのウサギがなげた球《たま》を、クリストファー・ロビンはつぎつぎに打ちかえし、六点を四回とりました。つぎは、コブタがなげる番でしたが、コブタにはボールがおもすぎるので、フクロウは投手《とうしゅ》の立っている場所とバッターボックスのまんなかあたりから、ボールをころがしてもいいといってやりました。

クリストファー・ロビンに三十三点とられたあと、コブタがこんなふうになげて、やっとアウトにしたのです。

ここにお見せするのが、カブトムシのイグサ・ヘンリーが、クリストファー・ロビンにすこしてつだってもらって、新しい、すてきなスコアブックにつけた記録《きろく》です。

◆テストマッチ◆
プー・チーム対《たい》カンガ・チーム

カンガ・チームのこうげき	
ロッティ、自分で ボールをとってアウト	39
ルー、あしが地面に ついてなかったことにより	0
カンガ、審判《しんぱん》に こうぎしたことにより	0
クリストファー・ロビン、 コブタによりアウト	33
打球以外《だきゅういがい》の得点《とくてん》	3
合計	75

その日の朝、ウサギとカンガとで、クリの木の下にテントのようなものをつくっていました。テントのまくのかわりに、何枚《なんまい》ものシーツやもうふをぬいあわせたものを、はったのです。

さて、カンガ・チームのこうげきが終わると、紅茶《こうちゃ》とキュウリのサンドイッチでお茶の時間になりました。クリケットの試合《しあい》には、お茶の時間があるんですよ。サンドイッチは、コショウをきかせ、パンの耳をおとしてありました。

食べたりのんだりしているあいだ、みんなで試合《しあい》のことを話しあいました。七十五点もとったのだから、もうカンガ・チームの勝利《しょうり》にきまったのか……とか、フクロウは、ルーをアウトにすべきだったのか……とか、カンガのアウトは……とか、クリストファー・ロビンがからぶりして、ウィケットをたおすような球《たま》をなげるとは、コブタもたいしたものだ……とか。

イーオーは、みんなとすこしはなれたところにいて、いつものようにぶつぶついっていました。

「ホシュというのも、いやはや。あんなところに立って、ものをなげられるとはのう。わっしじゃなくても、レンガのかべでも同じじゃないか」

「そんなことないったら、イーオー」

と、クリストファー・ロビンがいいました。

「きみがいなくちゃ、試合《しあい》ができないんだよ」

「ほかのみんなも、そういってるんですかのう、クリストファー・ロビン？　もしかして『あんなことは、ロバのやつにやらせときゃいいさ』なんて、いってるんじゃ……」

「キュウリのサンドイッチはどう、イーオー？」

クリストファー・ロビンが、すすめました。

「アザミのほうが、すきなんじゃ。たいていのアザミは、キュウリよりずっとかみごたえがあるからのう。ところでクリストファー・ロビン、試合《しあい》はもう終わったのでは？　もう、うちにかえって、打《う》ち身《み》の手あてをしてもよろしいかな？」

「試合《しあい》の前半が終わっただけだよ」

「まだ、あるんですかの？　たぶんそうだと思っておったわい。だが、雨がふるかもしれんぞ」

けれども、雨はふりそうにありませんでした。

まもなく、プー・チームが打席《だせき》に立つ番になりました。勝《か》つためには、七十六点とらなければなりません。フクロウは、審判《しんぱん》の白いジャケットをきて、位置《いち》につきました。最初《さいしょ》に打つのは、プーです。

クリストファー・ロビンは、守備《しゅび》についたカンガにシリー・ミッドオフにいくようにいい、ルーにはシリー・ミッドオンにつけといいました。

ルーがクスクスわらうのをやめさせるために、カンガは何秒《なんびょう》かにらみつけなければなりませんでした。「シリー」というのは、「おバカな」という意味《いみ》ですからね。でも、クリケットでは、打者《だしゃ》に近いという意味《いみ》なんですよ。シリー・ミッドオフは、打《だ》者《しゃ》に近い右がわ、シリー・ミッドオンは、打者《だしゃ》に近い左がわという意味《いみ》なのです。

それから、クリストファー・ロビンは、投手《とうしゅ》のロッティにボールをわたしました。

ロッティは、くねくねとからだをまわしながら打者《だしゃ》にむかって走ると（クリケットのボールは、走りながらなげるんですよ）、ウィケットめがけて、アーチ型《がた》にボールをなげました。ボールは地面にはねかえってプーの鼻《はな》にあたり、ウィケットの上におちました。

「アウト！」

フクロウが、きびしい顔でかたほうのつばさを高くあげました。

「あいた!」

プーが、大声をあげます。

つぎに、ティガーの番になりました。ティガーは、らくらく二十七点もあげました。それから、大はしゃぎで、クリの木にある小鳥の巣《す》にボールを打ちこみました(フクロウが、木の上までとんでいって、ボールをとってこなければなりませんでした)。それからティガーは、ウィケットの上をぼーんとはねて、イーオーの上についらくしました。

「だいじょうぶ?」

クリストファー・ロビンが、大声でききました。

「たいそう、いたい」

イーオーは、息《いき》もたえだえに、ティガーの下からいいました。

「アウト! イーオーがキャッチ!」

審判《しんぱん》のフクロウが、いいます。

こんどはウサギが打席《だせき》につき、ロッティがなげたボールをあっちへ、こっちへ、いたるところへちょろちょろころがし、三十七点をとりました。でも、ついにロッティ

にかわってクリストファー・ロビンがなげた球《たま》で、アウトになってしまいました。

「ほかのみんなにも、打たせてあげようと思ってね」

ウサギは、そんないいわけをしました。

最後《さいご》の打者《だしゃ》はコブタです。カンガ・チームの得点《とくてん》は、七十五点。プー・チームは、いまのところ七十点。プー・チームが勝《か》つためには、あと六点とらなければなりません。プー・チームの勝利《しょうり》は、すべてコブタにかかっているのです。カンガ・チームの投《とう》手《しゅ》は、ロッティです。

試合《しあい》の前の練習《れんしゅう》で、クリストファー・ロビンがたんじょう日にもらったバットは、コブタには長すぎるし、おもすぎるのがわかりました。そこで、ウサギがほうきの柄《え》を切って、小さいバットをつくってやりました。けれども、ロッティがなげた第一球《きゅう》で、コブタのバットはこわれてしまいました。

「あーあ！」

コブタは、大きな声をあげました
「どうしよう！　ぼく、なんで打てばいいの？」

「大きなバットをつかうしかないな」

と、クリストファー・ロビンがいいます。

「けど、ぼくよりずっと大きいんだもん」

コブタは、心配そうな顔をしました。

「バットのうしろにかくれればいいんじゃ、コブちゃんや」

イーオーが、いってやりました。

「ロッティは、きみにはそんなに速い球《たま》はなげないよ」

クリストファー・ロビンもそういってくれましたが、
ロッティの目がきらりと光ったところを見ると、そうは問屋《とんや》がおろさないようです。

ロッティが、ボールをなげようと走り出しました。

「ぼくは、こんなとこに、いたくないんだ」

コブタは、バットのうしろにちぢこまって、つぶやきました。走ってくるロッティのすがたが、ぐんぐん大きく見えてきます。

「ベッドにいたほうが、ずっといいよ」

ロッティがなげた速い球《たま》が、モグラづか（モグラが土をもりあげたところ）にはねかえってから、コブタのバットのはしにあたりました。コブタは、キャアとさけぶなり、お

もいバットをおとしましたが、いきおいのついたボールは、ぐんぐんと高くとんでいき、境界線《きょうかいせん》の小石をこえたではありませんか。みんなが、目をまるくして、しーんとしずまりかえったあと、フクロウがつばさをパタパタはばたかせてつげました。

「六点。プー・チームの勝《か》ち」

「やったぞ！」

コブタは、大はしゃぎで、ぴょんぴょんとびはねました。

「ぼくが打って、六点入れたんだよ！　勝《か》ったぞ！」

プー・チームの、ティガー、ウサギ、もちろんプー、そしてイーオーまで、コブタのまわりに集まって、胴《どう》あげしました。カンガ・チームのクリストファー・ロビン、ロッティ、カンガ、そしてルーも、負《ま》けてがっかりしたはずなのに、にこにこしながら見まもっています。

「プー・チームをたたえて！　フレー、フレー、プー・チーム！」

クリストファー・ロビンが、大きな声でいいました。

「フレー、フレー、プー・チーム！」

みんなも、声をあわせます。

「それから、コブタに、ばんざいを三回！」

そこで、みんな、ばんざいをなんどもくりかえし、そのあいだにクリストファー・ロビンは、イグサ・ヘンリーと年下の助手《じょしゅ》たちがスコアブックの記録《きろく》をかき終えるのをてつだってやりました。

けしゴムでけしたあとはありましたが、それはこんな記録《きろく》でした。

◆テストマッチ◆

プー・チーム対《たい》カンガ・チーム

プー・チームのこうげき	
プー、ウィケット（小さな木の門）の前にて、鼻《はな》にアウト	0
ティガー、イーオーにキャッチされる	27
ウサギ、クリストファー・ロビンによりアウト	37
コブタ、アウトにならず	6
打球《だきゅう》以外《いがい》の得点《とくてん》	6
合計	76

プー・チームの勝利《しょうり》

その日もくれるころ、みんなでたき火をかこんで（こわれたバットが、いいたきつけになったんですよ）、クリストファー・ロビンの話に耳をかたむけました。クリストファー・ロビンは、何代《なんだい》にもわたってかたりつたえられてきた、クリケットの名選《めいせん》手《しゅ》のことを教えてくれたのです。

「けどね」

と、クリストファー・ロビンは、おしまいにいいました。

「これからは、いつどこでこういうクリケットの歴史《れきし》を話しても、きっとコブタのヒットのことがそのなかに出てくると思うな。ある夏の午後、森のテストマッチで、自分よりせの高いバットをつかって、みごとに六点をたたき出したってね」

「そっか……」

コブタは、なんともしあわせそうなため息《いき》をもらし、うっかりキュウリのサンドイッチをたき火でやいてしまいました。それから、しばらく夢《ゆめ》見る顔でうっとりとしていましたが、プーの声で夢《ゆめ》からさめました。このできごとを記念《きねん》する歌をつくったというのです。

「ぜひ、ききたいですわ」

ロッティが、いいました。なにしろロッティは、この試合《しあい》の得点王《とくてんおう》でしたからね。

「ぼくも」

コブタが、小さな声でいいました。

この大試合《おおじあい》の夜、プーが高らかにうたいあげたのは、こんな歌です。クリの木の下にすわった選手《せんしゅ》たちの目は、プーの歌をききながら、たき火の明かりできらきらとかがやいていました。

ぼくらの森の　テストマッチで
勝利《しょうり》の　得点《とくてん》を　たたき出したのは　だれ？
その選手《せんしゅ》が　持った　バットは
むなしく　砂地《すなじ》に　きえたけど
それって　ぼくのこと？
いいや　きみのことだよ

ぼくらの森の　テストマッチで
勝《か》ったのは　だれ？
その選手《せんしゅ》の　バットは
おとなの　ブタほど　大きかったけど
それって　ぼくのこと？
いいや　きみのことだよ

ぼくらの森の　テストマッチで
勝《か》った　コブタに
イチジクの実《み》を　あげようか？
いやいや
もっと　大きな　はくしゅを　あげよう
コブタと　バットに
そして　勝利《しょうり》をもたらした　ヒットに
でっかい　さかなみたいに　とんでった

とてつもない　大ヒットだったよ

それって　ぼくのこと？
いいや　きみのことだよ
プーではなくて
コブタくん
きみのことだよ

「けどね」と、プーはいいました。

「ほんとは、さかなみたいにとんでったわけじゃなかったよね。けど、ほかにどういっていいか、わからなかったし、時間がなくなっちゃってさ。だけど、歌ってものは、どっかたりないところがあって、みんなが『ふーん。ぼくだったら、もっと上手《じょうず》につくれたのにな』と思うようなのが、いちばんいいんだよ」

「けど、ぼくは、プーみたいに上手《じょうず》につくれなかっただろうな」クリストファー・ロビンが、しずかな声でいいました。

9 ティガーが、アフリカの夢《ゆめ》を見ること

その日、百エーカー森学園校長だった、年とった灰色《はいいろ》ロバのイーオーは、おれた小枝《こえだ》で、せっせとアルファベットをかく練習《れんしゅう》をしていました。A《エイ》、E《イー》、F《エフ》、H《エイチ》のように、まっすぐな線でかける字は、なかなかうまくなったのですが、C《シー》とか、R《アール》とか、S《エス》をかくには、カーブした小枝《こえだ》をさがさなければなりません。

「じゃあ、C《シー》とR《アール》がつく、クリストファー・ロビン（CHRISTOPHER・ROBIN）もかけないんだ」

見物《けんぶつ》していたコブタがいいました。ちょっと考えてから、コブタはこうつづけました。

「それに、P《ピー》がつくピグレット（PIGLET、子ブタのこと）もね」

「イーオー（EEYORE）もさ。R《アール》が入るからな。THEのほかは、なんにもかけやせ

ん。ＴＨＥは、いろんなことばの頭にくっつけるものだからのう。あとになにかをつづけてかかなきゃ、なんの役に立つっていうんじゃ？」

「なんの役にも立たないよね」

と、コブタはうなずきました。じつはコブタは、イーオーがひょっとして、クリケットの試合《しあい》のときにプーがつくった歌を、ききのがしたのではないかと思って、会いにきたのでした。

イーオーは、コブタのあしもとを見ていいました。

「コブちゃんや。こんなふうに親切に、わっしをたずねてくれるとは、ありがたいのう。けど、わっしのアザミ畑《ばたけ》に立たんでくれると、うれしいんだが。もう、アザミもすくなくなっておるからのう」

「もっとアザミを見つけるの、てつだってあげようか？」

「ほかにすることがなかったらな、コブちゃんや。歯《は》がじょうぶなら、古いアザミもうまいが、ぱりっとして、かおりのいいという点にかけては、まだむらさき色の花がついてる、わかいアザミにかなうものはない。それにのう、コブちゃんや。アザミはどんないたみにも、きくんじゃよ」

「じゃ、まだどっかいたいの？」

「クリケットのホシュをやったあとじゃ。いたいにきまっとるだろうが」

ちょうどそのとき、小川をおよいでいるマスをからかっていたロッティが、ふたりのところにやってきました。夏のあらしのあと、小川にはまたきれいな水がきらきらと流れるようになっていたのです。

「おはよう。いい朝ですわね」

ロッティは、元気よくあいさつしました。

「いんや、ちっともよくもなかったし、いまもよくないぞ」

「気にしないでね、ロッティ。イーオーのアザミがね、すくなくなっちゃったんだよ」

コブタが、そういってあげました。

「そんなことを気にしてるの？　あたくし、すばらしいアザミのはえてるところ、知ってますわよ。ごいっしょしましょうか、イーオーさん？」

そこで、イーオーとコブタとロッティが、紙ぶくろを持って森のなかを歩いていると、しましまのものがぼーんとはねて、とび出してきました。

「おはよう。いい朝だね、ティガー」

コブタは、ちょっとどきどきしながら、あいさつしました。

「ちっともいい朝じゃないと思っておったが、ますます悪くなってきたのう」

イーオーが、ぶつぶついいました。

「やあ、コブタ。やあ、イーオー、やあ、ロッティ！」

ティガーは、大声でいいます。

「みんなで、どこいくの？」

「アザミをさがしにいくんだ。イーオーが、あちこちいいたいんだってさ」

コブタが、答えました。

「じゃ、おいらもいく！」

ティガーは、木の切りかぶをぼーんととんだり、またもどったりしながらいいます。

「もうちょっと、ちっちゃなぼーんにできないこと？」

ロッティが、いいました。

「うーんとちっこいぼーんにしてくれんかのう」

イーオーが、こわい顔をしました。

「ティガー、こんなふうにやってごらんよ！」

コブタは、ティガーにお手本を見せようと、ちっちゃくぼーんとはねましたが、つる草につまずいて、ころんでしまいました。

こうして、ティガーもくわわって、アザミさがしに出発《しゅっぱつ》しました。とちゅうで、夏のあらしのあとのすがすがしい空気をすいに出てきた、カンガとルーにも会いました。一行《いっこう》は、木がびっしりとしげっているあたりをめざしました。

木立《こだち》のなかをすこしいくと、ブラックベリーのしげみがありました。しるけたっぷりの実《み》が、枝《えだ》もたわわにみのっています。

「ブラックベリーよ」

ロッティが、みんなに教えました。

「カスタードパイに入れると、とってもおいしいんですのよ」

「おいらのなかまは、ブラックベリーがすきだよ」

ひとつぶ食べてから、ティガーがそういいました。

「けど、気をつけてね、ティガー」

カンガが、注意しました。

「黒くじゅくして、しるけのおおい実《み》だけ、食べなさい。

あんまりどっさり食べてはだめですよ」

ティガーは、もう五、六つ食べてから、いっぱいにかかえこむと、つぎからつぎへと口にほうりこみました。むしゃむしゃやっているあいだに、なにやら声をあげています。「オイフイ！」とか、たぶん「コエ、ダイフキ！」というような。

なんどかごっくりとのみこんだあと、ティガーは、なんともうれしそうな顔で、にっこりわらいました。

「ティガーたちはね、ブラックベリーがだーいすき！」

そういいながら、もういっぱいかかえこんでいます。

そのあいだにイーオーは、むらさき色のアザミがびっしりしげっているところを見つけ、もぐもぐやっていました。

「いちばんうまいとはいえん」

イーオーは、アザミをぱくっとかみ切りながら、ぶつぶついいました。

「じゃが、いちばんまずいともいえんのう」

＊＊＊

カンガとルーとティガーがうちにもどると、カンガが晩《ばん》ごはんにパンケーキをやいてあげるといい出しました。けれども、ティガーはパンケーキが食べられそうもないというのです。すると、ルーがかわりに食べてあげるといい、本当にそうしました。パンケーキの晩《ばん》ごはんがすむと、ルーが「じょうぶになるくすり」をのむ時間になりました。大麦の芽《め》からとった、麦芽《ばくが》エキスというくすりで、ティガーの大こうぶつです。でもティガーは、麦芽《ばくが》エキスものめないと、カンガにいいました。

「麦芽《ばくが》エキスも、のめないんですって？　ほらほら、食事のあいだにおやつを食べすぎると、そういうことになるんですよ！」

晩《ばん》ごはんのあと、ルーは、クリストファー・ロビンにかりた大きな世界地図帳《ちょう》を持ち出してきました。カンガがソックスをつくろっているあいだ、ルーとティガーは、太平洋や大西洋をとびこえたり、いろんな国を征服《せいふく》したり、マダガスカルのはしっこを、うっかりやぶってしまったりしました。

ところが、とつぜんティガーがすわりこみ、あしもとにひろがる西アフリカを、じーっと見つめました。それから、二、三度《ど》まばたきしてから、ものすごく大きなげっぷをしました。

「ティガーちゃんったら、おぎょうぎが悪いですよ！」

カンガが、いつもよりこわい声でしかりました。

ルーは、クスクスわらってから、ティガーの顔をのぞきこみました。

「だいじょうぶ、ティガー？」

「すっごくだいじょうぶ！」

と、ティガーはいいながら、またまたげっぷをして、目をまるくしました。

「この国はどこ？」

ティガーがきくと、かたごしに地図をのぞいたカンガが教えました。

「その国はね、コートジボアール。フランス語《ご》で、象牙海岸《ぞうげかいがん》という意味《いみ》ですよ」

「ゾウゲのカイガンかあ？」

ルーが、つぶやきました。

「なんだか、すてきな名前だなあ」

すると、ティガーがいいました。

「おいら、ちょっと思ってたんだ。おいらは、いったいどこからきたんだろうって」

「おぼえてないの？」

カンガが、ききます。

「そういわれたら、思い出したみたい。森があってさ、この森よりずっと大きな木がはえてた。それにサルもいたよ。うん、サルのことは、ぜったいおぼえてる。たぶんぜったい……ってことだけど……」

「じゃ、アフリカみたいだわね」

カンガは、いいました。

「さあさ、おふろに入って、それからねる時間ですよ」

「おふろに入るの、やだあ！」

と、ルーは大声でいいましたが、これは毎晩《まいばん》のことです。

けれども、ティガーは、なにもいいませんでした。アフリカ……アフリカかあ……どうもそうみたいだぞ……。

ティガーは、その夜、ちっともねむれませんでした。あおむけになってみても、どこにあしをおいてよいやら、わかりません。横むきになったら、ひげがくすぐったくって。そこで立ったまままねようとしましたが、それができるのは、ロバのイーオーだけです。

しかたなく、ティガーはアイロン台の下にまるまって、目をとじました。けれども、やっぱりねむれません。ひふがモゾモゾして、からだのしましまが、まどガラスを流れる雨水みたいに、ぼわんとひろがっていくような……。でも、目をあいてしらべてみると、すっかりオレンジ色になっているわけでも、すっかり黒くなっているわけでもなく、前と同じしましまです。

それなのに、どういうわけか、ティガーは自分がティガーっぽいとはちっとも思えなくなっていました。気分がよくないのです。ティガーは、げっぷをしたり、うなったりしました。そのうちにティガーは、おちつかないままうとうとしはじめました。

それから、こうつぶやきました。

「アフリカ……」

でも、ちっとも目をあけないのです。

「きっと、ジャングルの夢《ゆめ》を見てるんだね」

ルーは、そういいました。

けれども、つぎの朝になっても、ティガーはやっぱり目をあけずに、ぶつぶつとうわごとをいっていました。

「そうだよ、きっとそうだ……」などと。

お昼ごろ、ルーはカンガにいわれて、クリストファー・ロビンの家にいきました。ティガーのことを知らせにいったのです。

「クリストファー・ロビン！　クリストファー・ロビン！」

ルーは、大声でさけびました。

「ティガーが、病気《びょうき》なの。からだをくねくねさせたり、へんな音を出したりしてるんだよ」

「へんな音って、どんなの？」

「おぎょうぎの悪い音、たいていはね」

「たぶん、インフルエンザかも」

クリストファー・ロビンは、いいました。自分でも、インフルエンザにかかったことがあったのです。そのとき、学校の寮母《りょうぼ》さんに、あたたかくして、のみものをたくさんとりなさいといわれましたっけ。そこでクリストファー・ロビンは、ポットに熱《あつ》いココアを入れて、カンガのうちにいきました。きぬのぬのでふちどりした青いもうふも、いっしょに持っていきました。

「けど、ティガーは、さむくないんじゃないかな」

ルーが、いいました。

「ていうか、自分がさむいかどうかも、わからないんだ」

ルーのいうとおり、クリストファー・ロビンがもうふをかけてやると、ティガーはけとばしてしまいました。熱《あつ》いココアをマグカップに入れてのませようとしても、毛糸であんだしきものの上にはねとばします。そのしきものは、カンガのいとこがかぎ針《ばり》であんで、クリスマスにおくってきたものでした。

クリストファー・ロビンは、ウサギとフクロウをよびました。

ウサギは「あったかくして、ココアをのませなさい」といいましたが、これはもう、役に立たないのがわかっています。フクロウのほうは、黒い革《かわ》カバンを持ってきていました。そして、なかからちょうしん器《き》をとり出し、ティガーのむねにあてました。

「なにがきこえるの？」ルーが、ききました。

「つぎは、ぼくがお医者《いしゃ》さんになってもいい？」

「いいや、だめだ」フクロウは、ことわりました。

「わたしにきこえるのは、たいこの音だけだが、これはおそらくただのしんぞうの音だろうな」

ティガーは、目玉をぐるりとまわして、しっぽをまっすぐにつき出しました。

ちょうどそこへ、ハチミツのつぼをかかえたプーがやってきました。

「ねえ、コブタ。ティガーは、これ、すきだと思う？」

「ティガーたち、ハチミツはすきじゃないんだ」

「そっか、わすれてたよ」

プーは、なんだかほっとしたように、ちょっとにっこりしました。

＊＊＊

その夜とつぎの日の朝から夜まで、ティガーはアイロン台の下でぶつぶつとひとりごとをいい、百エーカー森の心配そうな顔をした友だちが、じゅんばんに看病《かんびょう》しました。

そして三日目のことです。カンガがちょっとうしろをむいたすきに、カンガのうちの戸だながかたづいているかどうかしらべたウサギが、「チッチッ」と舌打《したう》ちをしま

した。そのあいだに、ティガーはおきあがって、外に出ていってしまったのです。

「かわいそうなティガー。いったいどこにいくつもりだろう？」

クリストファー・ロビンがいいました。

「アフリカじゃないかな、たぶん」

と、プーが答えると、ルーがききました。

「アフリカって、どっちなの？」

どうやら、だれも知らないようです。

＊＊＊

ティガーを見つけたのは、イーオーでした。ティガーは、オークの木の下にあおむけにねて、じっと枝《えだ》を見つめていたのです。

「アフリカ！」

ティガーは、オークの木に文句《もんく》をいっているように、そうつぶやいていました。

イーオーは、ティガーをそっとせなかにのせ、カンガの家につれてかえってやりました。

「わっしは、いつもこの子にやさしくしてやってたとは、いえんからな」

ロバのイーオーは、自分でそうみとめてから、ため息《いき》をつきました。

「この子が、ぼーんとはねたりしなきゃよかったんだが」

「ティガーは、まだ病気《びょうき》なんだね」と、コブタがいいました。

「ほら、毛皮《けがわ》がぶかっとして、たれてるみたい」

本当にティガーは、何サイズも大きい服《ふく》をきているようでした。

「舌《した》も、いい色とはいえませんわね」

ロッティも、いいます。

「あたくしだって、どんな舌《した》の色がいいのか、はっきり知ってるわけじゃないけど、すくなくとも、こういう色ではないと思いますわ」

「舌《した》は、舌《した》の色でなければいかんのだよ」

フクロウは、ロッティに教えてやりました。

「ところがこの色は、ブラックベリーを食べすぎたあとの舌《した》の色だ」

「じゅくしてない、あらってない、カスタードぬきのブラックベリーを食べたあとのね」

ロッティが、つけくわえました。

「ぼく、ずっと考えてたんだ。もし、ぼくが病気《びょうき》になったら、どうしてほしいって思うかなって」

クリストファー・ロビンが、いい出しました。

「また、元気にしてほしいって思うんじゃない？」

プーが、答えました。

「そうだよね。けど、そのほかには？　ぼくだったら、いつもまわりにある、なつかしいものにかこまれていたいって、そう思うんじゃないかな」

「けど、ティガーは……」

「うん。もし、ティガーが、自分はアフリカからきたと思ってるなら……」

と、クリストファー・ロビンがいいかけると、フクロウがそれを引きとって、もっともな意見《いけん》をのべました。

「アフリカまでつれてくことはできんな。おもすぎるから。けど、もしも……イーオー、どうだね？」

「わっしには、とてもむりだのう」

「ねえねえ、もしアフリカへつれていけないんなら、アフリカをここに持ってきたらどう？」

クリストファー・ロビンが、いい出しました。

「アフリカ！」

ティガーが、よわよわしい声でそういって、げっぷをしました。

ティガーは、いつものお気に入りのすみっこにまるまっていました。まだおちつかないようすで、ときどきぴくっと動いていましたが、あいかわらずうつらうつらしていました。そのまわりでは、みんながクリストファー・ロビンの計画のしあげを、せっせとしているところでした。

はじめに、ティガーは、たいこの音に気がつきました。とってもかすかな音です。自分のしんぞうの音でしょうか？　いいえ、その音は、ティガーのからだの外からきこえてくるのです。

ティガーは、目をあきました。いったい、ここはどこでしょう？　頭の上は、みずみずしいみどりの枝《えだ》ですっぽりとおおわれ、まわりにはシダやコケがしかれています。葉っぱからは、水がしたたりおち、なんだかやけに暑《あつ》くて、しめっぽいのです。

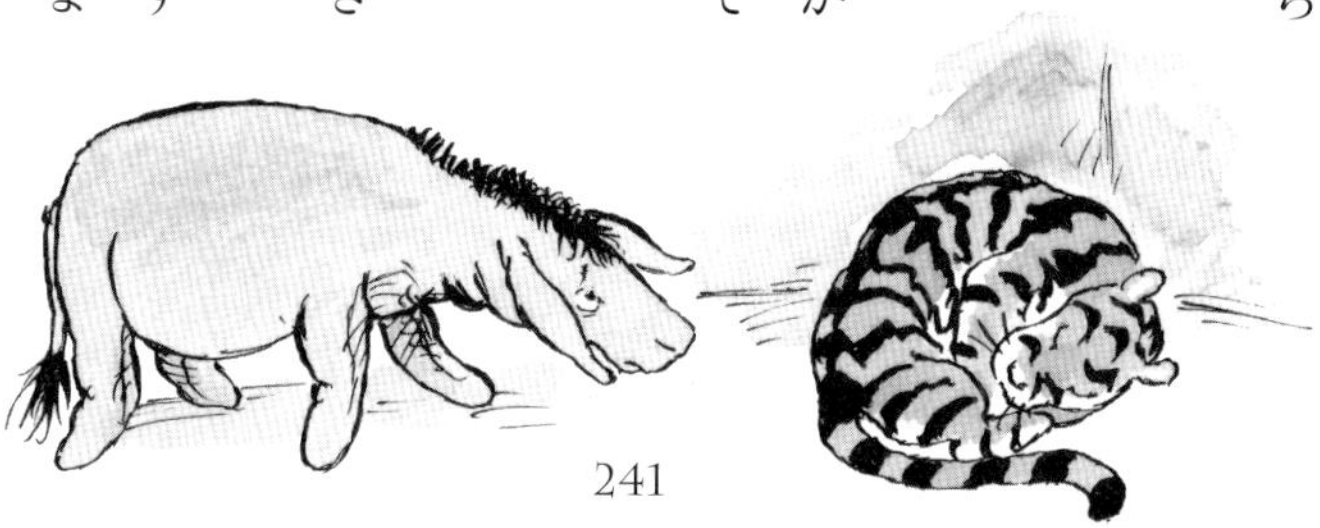

ヘビの立てる、シューシューという音まで、きこえるではありませんか。

「ここはどこ？」

ティガーは、びっくりしてききました。

「もしかして……おいら、ほんとにアフリカにいるのかも」

すると、クリストファー・ロビンの声がこういうのです。

「ティガー、きみはどこでも、すきなところにいけるんだ。そういう力を、想像力《そうぞうりょく》っていうんだよ」

ティガーは目をつぶり、しあわせな気持ちでねむりはじめました。

そのほうがティガーにとってはよかったのかもしれません。なぜなら、ロッティ

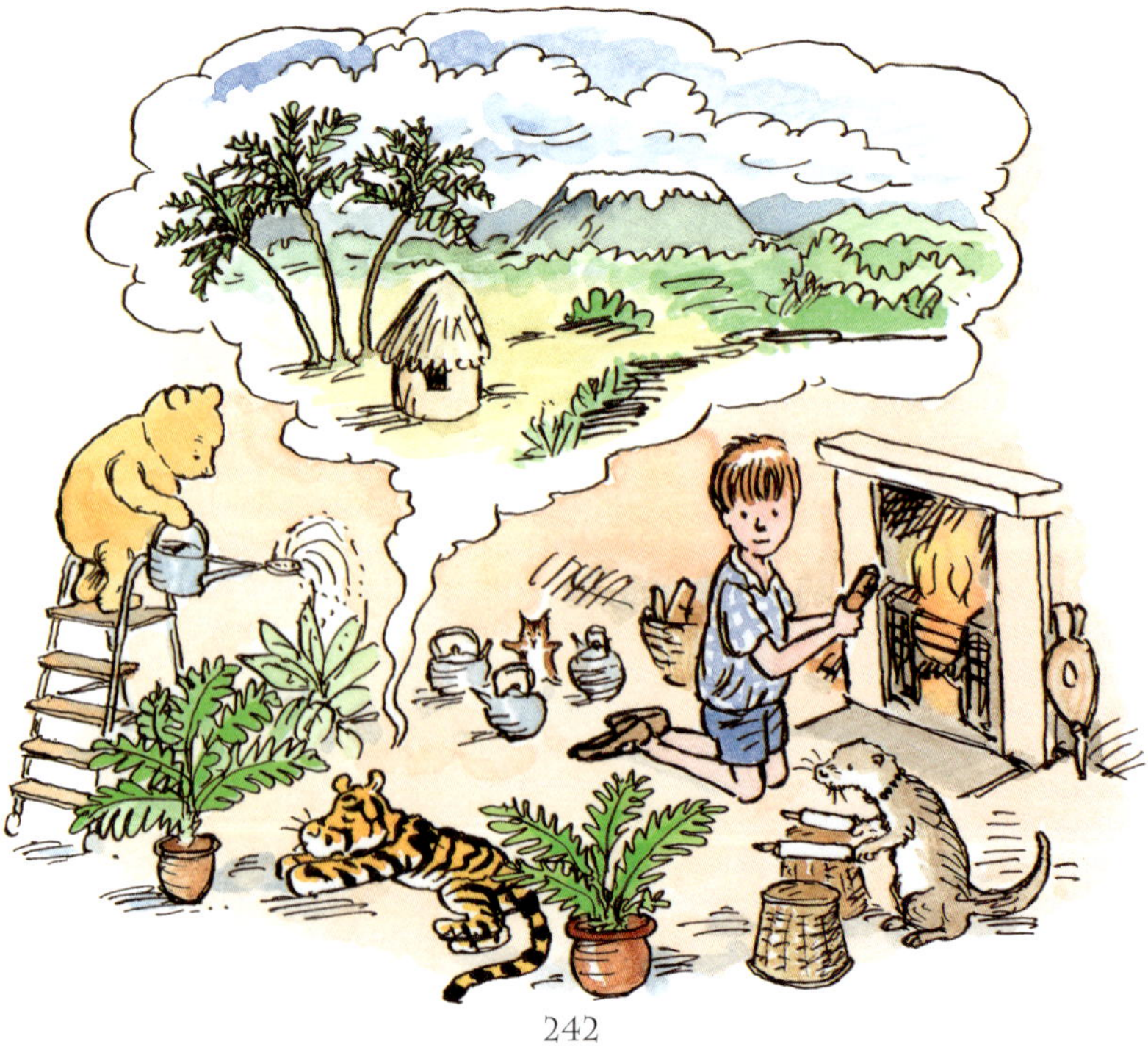

が、カンガとウサギからかりた麺棒《めんぼう》で、さかさにしたくずかごをたたいているのも、プーがきゃたつの上からじょうろで水をまいているのも、見なくてすんだのですから。それに、クリストファー・ロビンがだんろに火をもやしているのも、それにルーぼうやまで、いろんなやかんの口から息《いき》をふきこんで、シューシューとヘビっぽい音を出そうとしているのもね。

そのときから、ティガーの病気《びょうき》はだんだんよくなりました。からだをまげたり、のばしたりする運動もできるようになり、げっぷは、たまに小さくしゃっくりをするだけになりました。

麦芽《ばくが》エキスも、一時間ごとにひとさじのみたいといい出し、二日《ふつか》たつうちには、毛皮《けがわ》のたるみもとれました。舌《した》の色も、健康《けんこう》なティガーらしい、ピンクになり、しましまも——そう、しましまときたら、森でいちばんというくらい、つやつやした、美しいもようになったのです。もしかしたら、アフリカでもいちばんかもしれません。

＊＊＊

それから一週間かそこらたった朝のこと、ルーと、ティガーと、コブタが、ウォーターシュートごっこをしているところへ、クリストファー・ロビンとプーが、元気よくやってきました。クリストファー・ロビンは大きな本を、プーは、美しい、水色のびんせんを持っています。

「ティガー、きみに教えなきゃいけない、大事なことがあるんだよ」

クリストファー・ロビンが、いいました。

「ほんとに?」

ティガーはそういいながら、ルーに水をバシャッとかけ、ルーはコブタにバシャッとかけ、コブタはティガーにバシャッとかけました。

「なんのこと?」

「まず、すわってきかなきゃ。これは、すわってきくようなことだからね」

「オッケー!」

と、ティガーはいって、二度《ど》すわりましたが、そのあいだにすこしだけぼーんとはねました。

「ねえ、ぼくがいってもいい?」

プーがいうと、クリストファー・ロビンは、うなずきました。

「ティガー、きみはね、アフリカ生まれじゃないんだ！」

「ううん、おいら、アフリカ生まれにきまってるよ！」

「ぜったい、そんなはずないんだよ」

「どうして？」

「きみは、トラで、トラはアフリカにはいないからさ」

と、クリストファー・ロビンが、教えてやりました。

「トラは、アジアにいる。中国《ちゅうごく》とか、インドとか、そういうところにね」

「それから、サーカスとか」

プーが、つけたしました。

ティガーは、そのことについて、ちょっと考えました。とてもたいへんなことですから、なかなかなっとくがいきません。

「だれが、そういったの？」

クリストファー・ロビンは、大きな本の、紙をはさんでおいたページをひらきました。

「ほら、この百科事典《じてん》にかいてあるんだよ」

「ふうん……」

ティガーは、首をかしげて考えこみました。それから、うれしそうに、プーを見ていいました。

「クマだって、イギリス生まれじゃないよね」

クリストファー・ロビンは、にっこりわらっていいました。

「けどね、ここに一ぴきだけ、イギリス生まれのクマがいる。このクマはいまもそうだし、いつまでもそうだよ。プーって名前のクマさ」

「ぼくは、一ぴきだけのクマなの？」

プーがききました。

クリストファー・ロビンは、ちょっと考えてからいいました。

「そうだね、イギリスに一ぴきだけのクマとは、いえないかもしれないな」

それから、こうつづけたのです。

「けど、きみは、世界じゅうでたった一ぴきの、ほかにはいないし、くらべるものもいないクマのプーさ」

10 森で収穫祭《しゅうかくさい》がひらかれ、クリストファー・ロビンがびっくりプレゼントをよういすること

夏もそろそろ終わりでした。つゆをふくんでおもたくなった草の上に、風でおちたリンゴがいくつもころがっています。ある朝、小川のそばのくぼ地に、うずをまくように、きりが立ちこめていました。

クリストファー・ロビンとプーは、イーオーのところに「元気づけ訪問《ほうもん》」をしているところでした。

このごろのイーオーときたら、いつもよりいっそうふさぎこんでいるのです。けれども、何分たっても、イーオーは「元気づけ」られず、プーとクリストファー・ロビンは、それ以上《いじょう》なにをいったらいいか、さっぱりわからなくなってしまいました。

「もうすぐ収穫祭《しゅうかくさい》があるって、知ってた？」

とびきり長いあいだ、だまっていたあとで、クリストファー・ロビンがいい出しました。

「それは、なんのことですかのう？」

イーオーは、なんとなくあやしいなという顔できききました。

「いつも九月になるとね、さくもつのとり入れをおいわいするために、みんなで集まるんだよ」

クリストファー・ロビンは、説明《せつめい》しました。

「それで、わらで人形《にんぎょう》をつくったり、さくもつを集めてかざったりするんだ。なにもかもがやいていて、きれいだなっていう歌もうたうんだよ」

「そうかね？　それは気がつかなかったのう」

「サクモツって、なあに？」

プーが、ききました。

「だれかに分けてあげられる食べもののことだよ、プー。つぼに入れた、ハチミツみたいな」

「そうなの？」

と、プーは首をかしげました。ハチミツをだれかに分けてあげたりできるでしょうか？

「うん。それでね、分けてあげるのは、いちばんいいハチミツのつぼじゃなくちゃいけないんだ。『めぐまれないだれか』にあげるんだからね」

プーは、うちの戸だなにならんだつぼを思いうかべて、ごくりとのどをならしました。とくにうしろの列《れつ》の、左からふたつ目のつぼを。それが、いちばんせが高くて、ぷっくりとふくらんでいるのです。

「『めぐまれないだれか』って、だれのこと？」

プーはそうきいてみましたが、もしハチミツをあげることになったら、自分が「めぐまれないだれか」になるかもと思いました。

「ええと、よくわかんないけどね」

クリストファー・ロビンは、草の上にごろりとあおむけにねて、なにか考えているような顔で空を見あげました。

「ねえ、この森でも、収穫祭《しゅうかくさい》をしないか。ぼくは、さくもつをならべてかざる手《て》おし車《ぐるま》をつくって、自転車《じてんしゃ》につけて引いてくる。『めぐまれないだれか』が見にきて、さくもつを持っていけるようにね」

「どうぞどうぞ、すきなようにやってくだされ」

イーオーが、大きな声でいいました。

「けど、わっしは歌はうたわんぞ。歌なんぞ、はらに悪くてかなわんわい」

＊＊＊

クリストファー・ロビンは、学校で大工仕事《だいくしごと》をならったのですが、手《て》おし車《ぐるま》のつくりかたはだれも教えてくれませんでした。そして、これがなかなかやっかいだったんですよ。

車輪《しゃりん》は、なんだか四角っぽくなってしまうし、タイヤをつくろうと思ったのに、ゴムがありません。しかたなく、古いパジャマのズボンをまきつけました。つぎは、どうやって木ばこを車体につけ、車体を車じくにつけ、車じくを車輪《しゃりん》につけるかという問題《もんだい》です。

これをぜんぶやってしまうまで、クリストファー・ロビンは、長いことすわりこんだり、頭をかいたり、板切《いたき》れをひっくりかえしたりしなければなりませんでした。け

れども、ようやく手《て》おし車《ぐるま》ができあがりました。ガタガタしていて、とてもおしたり引いたりはできませんが、それでも手《て》おし車《ぐるま》にはまちがいありません。

クリストファー・ロビンは、家の前に手《て》おし車《ぐるま》をおき、こんなかんばんを出しました。

さくもつお　ならべる　くるま。
どぞ、ここに　入れてくなさい。

森の動物たちが集まってきて、手《て》おし車《ぐるま》を感心してながめたあと、収穫祭《しゅうかくさい》になにをしようか、相談《そうだん》しはじめました。

カンガは、ケーキをやいたら、といいました――いつも、みんなが大よろこびしますからね。ウサギは、トランプで、ダウトやババぬきをやるのはどうかといいました――これは、みんなあまりよろこびません。なぜなら、ウサギは自分が勝《か》つと大いばりするし、負《ま》けるとふくれるからです。

そのとき、クリストファー・ロビンが、いいことを思いつ

きました。それなら、こういうことぜんぶと、そのほかにもいろいろなことができるのです。

「夏もそろそろ終わりだけど、夏祭りみたいな、バザーみたいなことをやったらどう？　イチゴはないけど、ブラックベリーとクリームのおやつをこしらえたり、輪《わ》なげや、ロバのしっぽつけをやるんだ」

動物たちは、大よろこびで、「わあい！」と声をあげました。

でも、ブラックベリーはもうこりごりのティガーと、イーオーはべつでした。

「もしもし」

イーオーは、せいいっぱい、おもおもしい声でいいました。みんながしずかになるまで、二度《ど》も「もしもし」をいわなければなりませんでしたけどね。

「もしもし、クリストファー・ロビン。わっしがもうしっぽを持っているのは、ごぞんじだと思いますが。じっさい、しっかりとくぎでつけてあるのでのう。もし、だれかがこれをひっぱったりしたら、どんなにわっしがいやがるか、おわかりだと……」

「いや、イーオー。ぼくは、きみがその……」

けれども、灰色《はいいろ》ロバのイーオーは、前あしをあげて、しずかに、といいました。そ

して、大きな声でこういったのです。

「そのかわり、わっしはチビどもをせなかにのせて歩いてやろうと思っとるんじゃ」

＊＊＊

夜が明けて、収穫祭《しゅうかくさい》のよく晴れた、まぶしい朝がやってきました。みんなで何日もかかって計画をねり、じゅんびをしていましたから、お昼までにすっかりお祭りのよういがととのいました。ウサギがみんなの家のかたづけをてつだってさがしてきた古物《こぶつ》を売る店、棒《ぼう》と輪《わ》でこしらえた輪《わ》なげの会場、フクロウが立って詩《し》を朗読《ろうどく》する舞《ぶ》台《たい》、それに木の枝《えだ》にもうふをかけてこしらえた、なにやらあやしげなテントもありました。テントの外には「マダム・ペチュレングラの、前あしうらない」とかいた紙が、ピンでとめてあります。

こういったもののなかに、手《て》おし車《ぐるま》がおかれ、いっぱいにつまれたさくもつが、九月の日光をうけてかがやいていました。コブタが持ってきたドングリ、プーが出した、ハチミツの小さいつぼ、ティガーの「じょうぶになるくすり」、ウサギがこしらえ

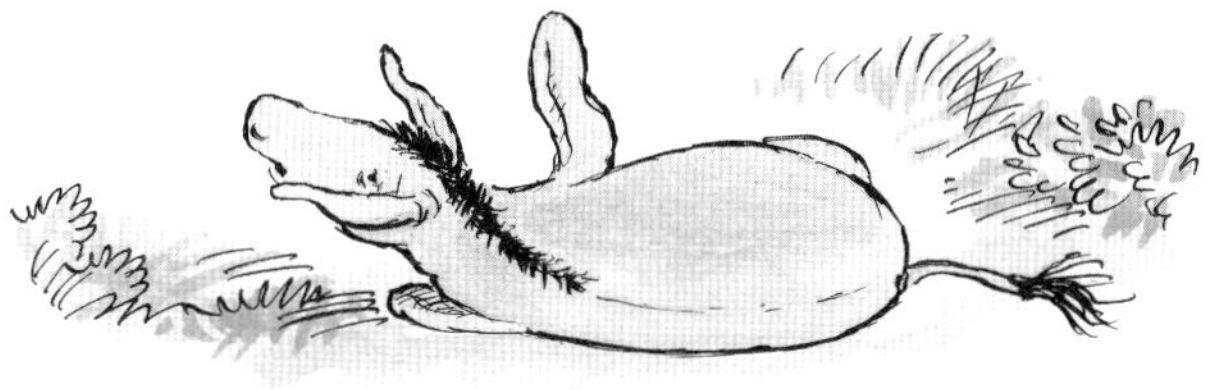

たリンゴジャム、カンガがつくったフェアリーケーキ（小さなスポンジケーキ）が、おぼんにいっぱい、そのほかにも、どっさり。むらさきのヒースの花と、黄色いハリエニシダの花もかざってあります。

「最高《さいこう》だね」

森のなかのあき地にお祭りのじゅんびができたのを見て、クリストファー・ロビンがいいました。

「じゃあ、さっそくお昼ごはんにしようか」

クリストファー・ロビンがそうつづけたのは、赤ちゃんウサギが、手《て》おし車《ぐるま》のフェアリーケーキをひとつつかんだのを見たからです。

すばらしいお昼ごはんでした。ハチミツもドングリもたっぷりあったところをみると、もしかしていちばんいいさくもつを「めぐまれないだれか」にとりわけていなかったのかもしれません。そして、お日さまが空のいちばん高いところから、西にむかって旅《たび》をはじめるころ、百エーカー森の動物たちは、お祭りをはじめました。

コブタがうけもった輪《わ》なげは、最初《さいしょ》からたいへんな人気でした。

ウサギの友だち親《しん》せき一同のうちのなんびきかが、棒《ぼう》ではなくコブタに輪《わ》をなげよ

うといい出してからは、もっとにぎやかになりました。けれども、そのうちに、しずかになりました。ティガーが頭に輪《わ》をはめてとれなくなってしまったのです。クリストファー・ロビンがせっけん水をつくってティガーの頭にぬり、輪《わ》をとってやらなければなりませんでした。

なにやらあやしげなテントのなかには、ロッティがいるのがわかりました。むらさき色のターバンをかぶり、ゆりいすにすわっているのです。小さなコインをわたして前あしをさし出すと、ロッティは「あなたは、水をわたることになるでしょう」か、「あなたは、見知らぬ、すてきなだれかに会うでしょう」のどちらかをいいます。でも、大きなコインをわたすと、その両方《りょうほう》をいってもらえるのです。

そのあいだ、イーオーは小さなウサギたちをせなかにのせて、ゆっくりとお祭りの会場をまわっていました。ウサギたちは、せなかにしっかりしがみついて、うれしそうにわらい声をあげていました。

こんな楽しいあそびにちょっとくたびれて、ウサギがやっているトランプゲームのコーナーにいくと、いろんなゲームをすることができるのですが、けっきょくはどれもこれもウサギに負《ま》けてしまうのでした。

それから、フクロウの詩《し》の朗読《ろうどく》コーナーでは、ロバートおじさんがすきだった詩《し》をきくことができました。これがまたとてつもなく長い詩《し》でした。おぼえられなかったところにくると、フクロウはつばさをなんどかバタバタさせて、「などなど」とか、「うんぬん」とか、「とかなんとか」と、もったいぶっていうので、それがまた詩《し》と同じくらいおもしろかったんですよ。

また、プーのように、あちこちをぶらぶら歩きまわって、なにを見ても目をまるくして感心し、ゲームというゲームをやり、そしてどれもあんまり上手《じょうず》にはやれなかった……という楽しみかたもありました。コインまわしは、べつでしたけどね。

こうして、おいわいのお祭りはその日の午後ずっとつづけられ、しまいにカンガがルーに、収穫祭《しゅうかくさい》だろうとなんだろうと、もうとっくにベッドに入る時間ですよといいました。

「けど、暗くなるまで、あと何時間もあるよ」

「いいえ、いっておいたはずですよ……」

カンガは、おせっきょうをはじめました。

でも、プーは、それをきいていませんでした。お祭りの会場をぐるりと見まわして、そこにいないだれかをさがしていたのです。

「クリストファー・ロビンはどこ？」

プーは、ききました。

みんなは、やっていることをやめました。

ウサギは、あき地のすみずみまでながめました。

「ここには、いないな」

「ぼく、クリストファー・ロビンがいない場所はわかってるんだ」

と、プーはいいました。

「けど、いるかもしれないところは、たくさんあるものね」

「トーサクタイを、トシキしなきゃ！」

ルーがはしゃいで、キイキイさけびます。

「だめですよ、ルーぼうや」

カンガが、いいました。

「そんなことをしたら、クリストファー・ロビンだけでなく、みんながまいごになってしまいますからね」

「クリストファー・ロビンは、まいごになってないよ」

コブタが、いいましたが、あまり自信《じしん》がありそうではありません。

「どこにいるか、わからないけど、まいごになったっていうのとは、ちがうと思うな。クリストファー・ロビンは、きっとひとりでどこかにいるんだよ。もしかして、ひとりぼっちになりたいって思ってるんだったら……ああ、どうしよう！」

だれよりも目がいいフクロウが、せの高いオークのなかでも、いちばん高い木の上をとんであたりを見てみました。けれども、フクロウのするどい目も、クリストファー・ロビンを見つけることはできません。

イーオーが、お祭りのあとのこったものを見ながら、鼻《はな》をクスンとならしました。

「なるほど、これでおしまいなら、わっしはかえったほうがよさそうだのう」

けれども、イーオーは、いっこうにかえろうとはしません。

「ルーちゃん、ほんとにベッドに入る時間なんですよ！」

カンガの声が、さっきよりずいぶんきつくなりました。

けれども、だれも動こうとはしないのです。

プーは、ずっと手《て》おし車《ぐるま》と、ハチミツのつぼを見ていました。さっきティガーが、「じょうぶになるくすり」をひと口かふた口のんだのと、コブタが、いちばんいいド

ングリをひとつか五つとったのをぜったいに見たような気がしました。ですから、ハチミツをひとなめかふたなめしても、悪くはないだろうと思ったわけです。

そして、プーが九なめか、十なめしたとき、カタカタ、カチカチという音が、かすかにきこえたような気がしました。ほかの動物たちを見まわすと、みんな耳をすましているようです。

「自転車《じてんしゃ》の音みたいだな」

と、プーは、いいました。

「それで、もし自転車《じてんしゃ》だったら……」

と、コブタが、いい出しました。

「そしたら、だれかがのってペダルをふんでるはずだし、ここにいないのはクリストファー・ロビンだけだから、自転車《じてんしゃ》にのってるのは、クリストファー・ロビンにきまってるよね」

コブタのいうとおりでした。それはクリストファー・ロビンの自転車《じてんしゃ》で、クリストファー・ロビンがのっていたのです。

クリストファー・ロビンが自転車《じてんしゃ》でカタカタと森のあき地にあら

われると、みんなほっとして、ため息《いき》をつきました。クリストファー・ロビンはとびおりて、自転車《じてんしゃ》を木によりかからせました。

「ごめんね、とちゅうでぬけ出して。けど、みんなにちょっとしたびっくりプレゼントを持ってきたんだよ」

クリストファー・ロビンは、自転車《じてんしゃ》のかごのなかから、古いセーターでていねいにくるんだ大きなものをふたつとり出しました。ひとつは、あのラッパのようなスピーカーがついた蓄音機《ちくおんき》で、もうひとつはレコードを入れたはこでした。クリストファー・ロビンがセーターから蓄音機《ちくおんき》とはこを出して草の上におくのを、動物たちはじっと見まもっていました。

「きょうの終わりに、ダンスをしたらと思ったんだ」

クリストファー・ロビンは、元気よくいいました。

「そのあとで、きみたちが気前よく出してくれたものを『めぐまれないだれか』に持っていくよ」

クリストファー・ロビンは、まず手《て》おし車《ぐるま》をちらっと見てから、手《て》おし車《ぐるま》のなかを、あなのあくほど見つめました。

「けど、もしかして、持ってかないかも」

クリストファー・ロビンはそうつけくわえました。それから、蓄音機《ちくおんき》にかがみこみ、ハンドルをまわしながら、しずかにいいました。

「どっちにしても、これはきみたちにおいていくよ」

ものすごく大きな、思わずとびはねてしまうような、ちょうしのいい、にぎやかな音が、蓄音機《ちくおんき》のラッパ形のスピーカーからころげ出し――さあ、みんなもう、じっとしてなんかいられません。

さあさ、羽を　ふって
あしを　動かして
ぼくは　きみが　大すきさ
さあさ、リズムに　のって
楽しく　おどろう
きみが　いなくちゃ
ぼくは　まいごと　おんなじさ

みんな、ちゃんとした百エーカー森のダンスを、それはみごとにおどりました。最《さい》初《しょ》は、どこかロッティにならったダンスにちょっぴりにていたのですが、そのうちにもっと元気よく、ぴょんぴょんとびあがるようにおどり出しました。

ティガーとカンガは、どちらがいちばん高くとべるか、きょうそうしていましたし――勝負《しょうぶ》はおあいこでした――ルーとコブタは、どちらがひくくかがめるか、きそっていました――どっちも、カブトムシのイグサ・ヘンリーには、かないませんでしたけどね。もっとも、ヘンリーは、ふみつぶされてはたいへんと、すぐに、ヒースのしげみににげこみましたが。

そして、なんとイーオーまで、イーオーにしかできないダンスをおどっていたんですよ。あしやたてがみをふり、大きく「イーオー！」といななき、しっぽをあっちに、こっちに、もうそこらじゅうにふりまわしています。

『さあさ、羽をふって』のあとは、『バム、バム、バミーショー』、それから、『そうだよ、バナナはないんだ』、そのあと『おじいさんの時計』で、おどりました。そして二回目に『バム、バム、バミーショー』をおどっているとちゅうで、クリストファー・ロビンはおどるのをやめ、蓄音機《ちくおんき》をくるんでいた古いセーターをまるめて、自転車《じてんしゃ》のかごに入れました。

プーも、ちょっぴりおどりつかれていたので、ダンスをやめました。それから、クリストファー・ロビンがなにをしているのか、見にいきました。でも、なにをしているのか、もう半分わかっていました。

「そっか」

と、プーは、おもおもしく、それだけいいました。なぜなら、それは、なにかいわなければいけないのに、なにもぴったりのことばがない、そういうしゅんかんだったからです。

「そしたらね、プー」

クリストファー・ロビンは、もういちど、自転車《じてんしゃ》を木によりかからせました。

「じゃあね……」

クリストファー・ロビンは、じっと立って、プーをだきしめました。クリストファー・ロビンは、ずいぶんせが高くなっていたのでむずかしかったのですが、プーもせいいっぱいだきしめました。

プーの頭の上から、クリストファー・ロビンの声

がきこえます。

「ぼくはまた、ちょっといなくなるからね。けど、きみが森のことをちゃんと見てくれると思ってるよ」

「うん、やってみる」

と、プーは答えました。本当のことをいうと、「森のことをちゃんと見る」というのが、どういう意味《いみ》なのか、はっきりわからなかったのですけどね。けれども、クリストファー・ロビンがプーにできると思っているのですから、できないはずはありません。

クリストファー・ロビンはプーをはなしてから、こっくりとうなずきました。それから自転車《じてんしゃ》にのり、さっと走っていきました。そして、いちどだけふりむいて最後《さいご》に手をふり、にっこりとわらってから木々《きぎ》のなかに見えなくなったのです。

＊＊＊

そのあと、フクロウとウサギが、どちらが蓄音機《ちくおんき》とレコードの係《かかり》になるかで、口げんかになりました。けれども、ロッティとイーオーがぜんぶ持ってかえったので、口げんかもおしまいになりました。プーとコブタは、お月さまにてらされた森のなかを歩いて、うちにかえりました。

「どうして、なんでもかわらなきゃいけないんだろ」

コブタが、つぶやきました。

プーは、ちょっと考えてからいいました。

「それはね、いろんなことがすこしでもよくなるように、じゃないかな。ミツバチがいってしまったけど、またかえってきたときみたいにね」

「かもね」

と、コブタは、ちょっとためらってから、そう答えました。

それから、きゅうに元気な声をあげました。

「ああ、ほんといい夏だったね、プー。ぼくが六点をあげて、クリケットの試合《しあい》に勝《か》ったときのこと、おぼえてる?」

「おぼえてるとも」

と、プーは答えましたが、コブタほど元気な声ではありませんでした。クリケットのボールを鼻《はな》にぶつけたときのこと

を、思い出したのです。それから、コブタが古井戸《ふるいど》におりたことや、戸別調査《こべつちょうさ》の台《だい》帳《ちょう》のことや、百エーカー森学園のことや、さくもつと蓄音機《ちくおんき》のことも。

なにもかもが、プーの頭のなかで、ふんわりとまじりあって、ひとつになっています。でもそれは、とてもすばらしいたいせつなことなので、ここはひとつ歌をつくらなければ。プーは丸太《まるた》にすわって、こんな歌をつくりました。

クリストファー・ロビンは　いってしまった
もう　いないんだ。そう　いないんだよ
いつになったら　会えるの？
いつ　かえってくるの？
旅《たび》のにもつを　まとめる　時間は　あったのかな？

クリストファー・ロビンは
音楽を　おいてってくれた
けど　自転車《じてんしゃ》は　持ってったよ

いままで見たなかで　いちばんすてきな
いちばん空色の　自転車《じてんしゃ》だったな
みんな　心配してるのさ
もうずっと　かえってこないのかなって
そんなことないよ！
きっといつか　ぼくたちの
たいせつな　森に　かえってくるさ

ある日
たぶん　お日さまが　空高くのぼったとき
ぼくたちは　とつぜん
クリストファー・ロビンの　声を　きくんだ
「コブタとイーオー、ウサギとプー
また　森に　かえってきたよ
さあ、みんな。あそぼうよ」

「歌はうたったけど、サインはしなかったよ。字がかけないからね」

プーは、いいました。

「そんなの、気にしなくてもいいよ。それより、いつもみたいに、ぼくの名前が入ってないんじゃないかなって、心配してたんだ。けど、おしまいに入れてくれたね」

「コブタって名前は、歌に入れにくいんだよ」

「それじゃ。クリストファー・ロビンは？」

「やっぱりむずかしいんじゃないかな。あんまり」

「あした、クリストファー・ロビンに、ききにいこうよ」

それから、プーとコブタは、あしたはクリストファー・ロビンが森にはいないんだと思い出しました。そのつぎの日も。

そして、プーとコブタは、歩き出しました。

もし、あなたが九月に入ったばかりの夕ぐれに、プーさんの森をとおりかかることがあったら、プーとコブタが手をつないで、しあわせそうに木々《きぎ》のあいだを歩いているのを見るかもしれませんね。そして、ふたりがやがてきりのなかにすっぽりとつつまれて、見えなくなってしまうのも。

訳者あとがき

数ある児童文学のなかでも、『クマのプーさん』ほど世界じゅうで愛され、世代を越《こ》えて読みつがれてきた本もないでしょう。作者のA・A・ミルンは、息子《むすこ》のクリストファー・ロビンが六歳《さい》になるころ、イギリス南部の森を舞台《ぶたい》として、子ども部屋にあったぬいぐるみのクマやコブタが活躍《かつやく》する物語『クマのプーさん』と『プー横丁にたった家』を書きました。今から八十年あまり前のことです。それ以来、E・H・シェパードのすばらしいさし絵にいろどられたこの物語を、子どもたちは、ときにはクスッと笑ったり、ときにはちょっとはらはらしたりしながら読み、大人たちはなつかしい子ども時代の思い出として心のかたすみに大切にしまってきました。『プーさんの森にかえる』は、そんな宝物のような物語の正式な続編です。

この本を書いたデイヴィッド・ベネディクタスさんは、イギリスの劇作家《げきさっか》、演出家《えんしゅつか》、小説家であり、さし絵を描《か》いたマーク・バージェスさんは『くまのパディントン』や、『ちびっこタグボート』の新装版《しんそうばん》のデザインや新たなさし絵も手がけたことのある画家です。

ベネディクタスさんは以前、イギリスの名優《めいゆう》ジュディ・デンチやスティーヴン・フライが出演《しゅつえん》する『クマのプーさん』の音声CDを作り、そのあとで物語をいくつか、「プーさん」の知的《ちてき》所有権《しょゆうけん》の管理者に送りました。それが「長年にわたって、プーの物語の正式な続編が出版《しゅっぱん》できないかと考えていた」管理者のマイケル・ブラウン氏の目にとまり、今回の出版《しゅっぱん》にいたったわけです。ブラウン氏は、「デイヴィッド・ベネディクタスとマーク・バージェスは、原作の精神《せいしん》と質《しつ》の高さを受けついでいる」と最大の賛辞《さんじ》をおくっています。

いっぽう、当のベネディクタスさんはニューヨーク・タイムズ紙のインタビューのなかで、本書の出版《しゅっぱん》にあたり、「最悪の場合、みんなに憎《にく》まれて、やぶの中に逃《に》げこみたいと思うかもしれない」という恐怖《きょうふ》におそわれたと述《の》べ、さらに「すばらしい原作を読んだあとで、もう少しなにか……というときに読んでいただければ」と、謙虚《けんきょ》に語っています。そう、『クマのプーさん』が子ども時代、いわば人生の夏の日への賛歌《さんか》だとすれば、『プーさんの森にかえる』は、そんな美しい、永遠《えいえん》の夏をおくってくれたミルンに現代《げんだい》の作家と画家がささげる、つつましい祝い歌といえるのかもしれません。八十年前と少しも変わっていないプーやコブタやイーオーたち、ちょっと大人になったクリストファー・ロビン、そしてプーさんの森に突然《とつぜん》あらわれたカワウソのロッティの物語を、ひと夏の夢のように楽しんでいただければ幸いです。

二〇一〇年九月　　　　こだまともこ

デイヴィッド・ベネディクタス
David Benedictus
イギリスの小説家、脚本家、演出家。20冊あまりの著作を発表するかたわら、舞台、テレビなどでも幅広く活躍している。イートン校、オックスフォード大学、アメリカのアイオワ大学で学んだ。小説の第2作目にあたる『大人になれば……』は、フランシス・コッポラ監督によって映画化された。ロイヤル・シェイクスピア・カンパニーで高名な演出家サー・トレヴァー・ナンの助手をつとめたこともある。

マーク・バージェス
Mark Burgess
児童書作家、絵本作家。イギリスのサセックス州で育ち、ロンドンにある美術学校で学ぶ。同校を卒業してからロンドン動物園やケンブリッジにある図書館に短期間勤務したが、その後の20年は、もっぱら児童書の仕事をしている。自作の絵本を作るほかに、マイケル・ボンド作『くまのパディントン』の出版50周年にあたって、原作のペギー・フォートナムの絵を新たにデザイン、彩色する仕事もしている。

こだまともこ
東京生まれ。早稲田大学文学部英文科卒業。出版社で雑誌の編集にたずさわった後、児童文学の創作と翻訳を始める。創作絵本に、『3じのおちゃにきてください』（福音館書店）、翻訳に、「ダイドーの冒険」シリーズ（冨山房）、『ビーバー族のしるし』（あすなろ書房）、『トゥルー・ビリーヴァー』、『ティムール国のゾウ使い』（ともに小学館）など多数。

制作／鈴木敦子
資材／池田　靖
販売／新里健太郎
宣伝／勝目幸一
編集協力／佐々都々子
編集／喜入今日子

プーさんの森にかえる

2010年10月14日　初版第1刷発行

文　デイヴィッド・ベネディクタス
絵　マーク・バージェス
訳　こだまともこ

発行者　山川史郎
発行所　株式会社 小学館
〒101-8001
東京都千代田区一ツ橋2-3-1
電話　編集　03-3230-5416
販売　03-5281-3555

印刷所　凸版印刷株式会社
製本所　牧製本印刷株式会社

造本装幀　岡 孝治+大川 妙+石津亜矢子

ISBN978-4-09-290543-6

カンガ、ルー、
ティガーの家
ガレオンくぼ地
フクロウの家
プーとコブタの家
ウサギの家
ウサギの
友だち親《しん》せき一同